A

Sophie Bassignac

Bewegte bis stürmische See

Roman

Aus dem Französischen von
Michael von Killisch-Horn

Atlantik

Die Originalausgabe erschien 2014 unter dem Titel
Mer agitée à très agitée bei JC Lattès, Paris.

Atlantik Bücher erscheinen im
Hoffmann und Campe Verlag, Hamburg

1. Auflage 2015

www.hoca.de   *www.atlantik-verlag.de*
Satz: Pinkuin Satz und Datentechnik, Berlin
Gesetzt aus der Albertina
Druck und Bindung: C. H. Beck, Nördlingen
Printed in Germany
ISBN 978-3-455-65000-6

HOFFMANN UND CAMPE

Ein Unternehmen der
GANSKE VERLAGSGRUPPE

Für Pierre Ganter

I

An das Treppengeländer im ersten Stock gelehnt, betrachteten Maryline und William Halloway ihre einzige Tochter Georgia, die vor Wut schäumend ihr dichtes Haar schüttelte. Sie erinnerte William an Janis Joplin kurz vor ihrem Tod, die fette und wundervolle Schlampe, die in schrillen Höhen ihre endgültige Verzweiflung herausschrie. Im Hintergrund trug die Mülldeponie, die Georgia als Zimmer diente, zum herrschenden Chaos bei. Ihre Tochter hatte sie soeben als Tyrannen bezeichnet, doch Maryline und William bewahrten mit neutralem Blick trotz der Beschimpfungen elterliche Ruhe. William seufzte und musterte die Decke, und Maryline ging, die Arme verschränkt, in Gedanken ihre Einkaufsliste durch, während sie den Zustand des Himmels durch das Dachfenster im Flur prüfte.

Ein paar Minuten zuvor hatte sie Georgia gebeten, Kopfhörer aufzusetzen, um die Bewohner der Gästezimmer im Stockwerk darüber nicht mit ihrer Musik zu stören. Georgia hatte lange Zeit gehorcht, ohne aufzumucken, doch vor ein paar Monaten hatte sie, plötzlich verwandelt in eine theatralische Pubertierende, angefangen, über alles zu diskutieren, aggressiv und streitsüchtig wie ein zu Unrecht Verurteilter. Die Spötteleien, hysterischen Anfälle und Wutausbrüche, denen sie fast täglich ausgesetzt waren, untergruben allmählich Marylines Moral, allerdings bereitete ihr das aktuelle Thema regelmäßig Bauchschmerzen, und insgeheim verstand sie die Vorwürfe ihrer Tochter durchaus.

Seit Maryline das Haus der Familie vor fünf Jahren in ein Bed & Breakfast verwandelt hatte, ertrug Georgia mit bewundernswerter Gelassenheit den Aufmarsch der Gäste, den ihre Eltern ihr in den Sommermonaten zumuteten. Sie hatte hingenommen, dass Ferienkinder ohne sie in ihrem Garten spielten, ihre Tischtennisplatte benutzten oder die Figuren ihrer Brettspiele verloren, die sie ohne Erlaubnis an den Strand mitnahmen. Die Erwachsenen waren eine weitere Hölle. Georgia hatte diese austauschbaren und honigsüßen Gesichter freundlich angelächelt, die sie verzückt betatschten. Und jeden Morgen machten sie sich lärmend in ihrem Esszimmer breit, während sie schweigend in der Küche frühstückte. Eng nebeneinander im Flur stehend, hörten Maryline und William sich zum x-ten Mal an, wie die Gäste ihre Kindheit zerstört hatten. Wie alte Bekannte ließ Georgia sie alle aufmarschieren: das »kleine Pariser Arschloch«, das sie angespuckt hatte, das Paar in Scheidung, dessen Gift sich in allen Stockwerken verbreitet hatte, und der »widerliche Alte«, der sie vor zwei Jahren belästigt hatte. Maryline dachte bei sich, dass vielleicht das Fehlen von Privatsphäre ihre Tochter dazu gebracht hatte, ihr Zimmer in eine unbewohnbare Müllhalde zu verwandeln, wo man über Hügel von Kleidungsstücken, Slips, BHs mit waschbeckengroßen Körbchen und mit zusammengeknüllten Socken gefüllten Schuhen stakste. Ein ekelhafter Geruch nach sechzehnjährigem Mädchen schwebte in dem Raum, der niemals gelüftet wurde, und trieb einen hinaus, noch bevor man das Fenster erreicht hatte. Maryline riskierte einen unauffälligen Blick auf ihre Uhr. Die Zeit drängte, sie musste vor der Rückkehr ihrer belgischen Gäste in die Stadt fahren.

Georgia stand wie festgewachsen in der Tür, nörgelte in einem fort weiter und fummelte an ihrem Pony, der ihre Pickel verdeckte. Maryline dachte, dass ihre Tochter die gleiche Lust an Worten wie ihr Vater hatte und sich an ihnen berauschte, bis ihr schwindlig wurde, trunken von ihrer Geschwindigkeit. Während sie zu ihrem anderen heißen Thema wechselte, ihre Clique, die einfach ohne sie nach Barcelona gefahren war, betrachtete Maryline fasziniert Georgias Brüste, die unter ihrem T-Shirt in wütendem Rhythmus wackelten. Etwas Vergleichbares hatte es in der Familie noch nicht gegeben. Einen solchen Walkürenbusen hatte man noch nie gesehen, weder bei den Leflochs noch bei den Halloways. Im letzten Winter hatte Georgia angefangen, Experimente an sich selbst vorzunehmen, die sie bis dahin ihren Barbiepuppen vorbehalten hatte. Sie schminkte sich mit einem Mal wie ein Profi und kleidete sich, als wäre sie schlank. An ihrem starren Blick, wenn sie morgens die Treppe herunterkam, eingezwängt in ihre Klamotten wie eine Mumie in ihre Stoffbinden, hatten William und Maryline schnell begriffen, dass es von nun an ratsam war, alles normal zu finden. Und doch konnte man die Augen nicht vor den Tatsachen verschließen. Mit ihren zu kleinen Kleidungsstücken, ihrer Gewichthebersensibilität und der weißlichen Salbe, die die aknegewellte Haut bedeckte, sah Georgia aus wie ein dickes, schlechtgelauntes Meerschweinchen. Trotzdem hatte Maryline Vertrauen in die Zukunft. Die Pubertät, sagte sie, war ein Kap, das es zu umschiffen galt, ein Horrortrip, von dem man sich wieder erholte. Williams Stimme riss sie aus ihren Überlegungen.

»Stopp!«, sagte er, den Blick auf die glänzenden Spitzen seiner Boots gerichtet.

»Und warum stopp? Darf ich das erfahren?«

Georgias Arroganz hatte ihren Höhepunkt erreicht, das letzte Stadium vor dem hysterischen Anfall.

»Weil du uns für blöd verkaufst. Es gibt keinen Grund, warum du nach Barcelona fahren solltest, wohingegen ich gern nach Barcelona fahren würde, aber ich fahre nicht, weil die Belgier da sind und das Haus den ganzen Sommer über voll sein wird. Hear it, honey? Und darf ich dich daran erinnern, dass du gerade ein Praktikum im Fremdenverkehrsbüro machst?«

»Arme Idioten!«, brüllte Georgia. »Und du bist ein blöder Jasager!«

Mit feuchten Augen schlug sie ihnen die Tür vor der Nase zu. William und Maryline wechselten einen müden Blick. William näherte sich der Tür und legte seine Hände wie ein Sprachrohr an den Mund.

»Stand clear of the closing doors!«, rief er, die shakespearehaft ernste Stimme aus der New Yorker U-Bahn nachäffend.

»Zum Totlachen! Ich hau ab, das habt ihr dann davon!«

Während Georgia ihre Wut abreagierte, indem sie der Tür heftige Fußtritte versetzte, ging William einen Schritt beiseite, um Maryline auf der Treppe den Vortritt zu lassen.

»Jasager? Is that was she said? Was bedeutet das?«

»Das bedeutet, dass du alles tust, was man von dir verlangt.«

Ohne weiteren Kommentar verschwand er in seinem Studio, und Maryline machte sich auf die Suche nach ihrer Tasche.

Maryline radelte in der Sonne, die Nase im Wind. Ein Flugzeug mit weißem Schweif durchschnitt den wolkenlosen Himmel. Im Ort stach ihr auf Höhe des Fischrestaurants ein heftiger Geruch nach Knoblauchbutter in die Nase, wie aus einer anderen Zeit, es war bewegend. Sie musste lachen, als ihr Georgias Jasager wieder einfiel, ein Wort, das wie eine alte, gut erhaltene Nippesfigur aus einem vergessenen Koffer klang. Vor der Bäckerei hielt sie an, weil sie Annick, ihre Putzfrau, bemerkt hatte, die sich gekrümmt und mit gesenktem Kopf zwischen den Kunden im Geschäft hindurchschlängelte. Maryline wusste Bescheid. Wenn Annick sich aus dem Staub machte, bedeutete das, dass sie ein blaues Auge, eine violette Wange oder ein verdächtiges Hinken verbarg. Maryline hatte bereits mehrmals Anzeige gegen Annicks gewalttätigen Mann erstatten wollen, doch Annick hatte ihr gedroht, sie mitten in der Touristensaison sitzen zu lassen, und sie damit gezwungen, ihr Vorhaben aufzugeben. Sie befestigte ihren Einkaufskorb auf dem Gepäckträger und stieg wieder auf ihr Fahrrad.

Während sie an der wilden Küste entlangfuhr, sah sie, dass ihre Steinbank am Zöllnerweg frei war, und sie nutzte die Gelegenheit zu einer Pause. Sie schob den Rock bis zur Hälfte ihrer Schenkel hoch, streckte die Beine aus und atmete tief die Seeluft ein. Draußen auf dem Meer schienen sich die Segelboote, winzige weiße Faltmodelle, in langsamer Fahrt zu verfolgen. Die Sonne stickte ihre Sterne ins Wasser, und das infernalische Tosen der Brandung machte sie schwindlig wie ein stillschweigend gebilligter Zauber. Die Möwen schwebten als Herrinnen des Himmels über den Felsen und ließen ihr böses, geisteskrankes Lachen erschallen. Maryline erkannte Erwan Rival, den Sohn ihres Nachbarn, in der kleinen Bucht unter ihr.

Mit voll aufgedrehtem Radio und wild gestikulierend spielte er sich auf inmitten der Badenden. Solche labilen Wesen, die sich produzierten, angelockt von den Fremden, hatte es im Seebad immer schon gegeben. Sie redeten laut, mit dem Rücken zum Panorama, und spielten den Hanswurst für die Sommerfrischler, das war ihr großer Augenblick im Jahr. Wenn die Saison vorbei war, irrten sie durch die Stadt auf der Suche nach neuen Blicken. Peinlich berührt, wandte sie den Kopf ab.

Von der Steinbank aus konnte Maryline etwas weiter weg zu ihrer Linken ihr Landhaus aus strengem Granit erkennen, gewölbt wie ein Oberkörper, ein wunderbarer Wachhund, der sie vor der Gischt und den Neugierigen schützte. Ker Annette war ein schönes Beispiel für die Phantasie der Erbauer im vorigen Jahrhundert, denen eine große Anzahl origineller architektonischer Verrücktheiten in der Region zu verdanken war. Entlang der Küste und im Stadtkern des Seebads mischten sich ganz ungeniert Bunker, baskische Chalets, Märchenschlösser, kalifornische Villen, Tiroler Fassaden, Obelixhäuser mit Reetdächern und florentinische Palazzi. Alle Villen hatten Stil trotz der geschmacklichen Verirrungen und des Buttercremeputzes, der respektlos mit der Küchenmaschine auf die Mauern gespritzt schien, Villen, von Ker Imper umgetauft in Bellagio, von Nemesis mutiert zu Black Swans. In der Kategorie mittelalterlicher Landsitz war Marylines Haus unbestritten das gelungenste an der ganzen Küste.

Sie erkannte die zierliche Gestalt von Miss Merriman, die die Allee heraufkam. Seit Maryline ihr Bed & Breakfast eröffnet hatte, kam diese kleine reinrassige Bostonerin, eine entfernte Cousine von William aus der Linie der Halloways, jeden Sommer und blieb einen guten Monat. Maryline hatte dieses alte Mädchen mit ihrem Ethno-Schmuck und den immer roten Augen, das in dem Haus in der Bretagne das beruhigende Pendant zu ihrem Mobiliar in Neuengland gefunden hatte, schnell liebgewonnen.

Auf der Meerseite ließen die vom Strand zurückgekehrten Belgier ihre Badetücher auf dem Balkon ihres Zimmers trocknen. Die Frau erschien auf der Terrasse, betastete die Handtücher und legte sich auf einen Liegestuhl. Maryline konnte Georgia nicht widersprechen, diese beiden waren zwei prachtvolle Exemplare von Nervensägen. Von ihrem Beobachtungsposten aus sah sie, wie der Mann zu seiner Frau auf die Terrasse kam und als nörglerischer Besserwisser ebenfalls das Badetuch betastete. Maryline ertrug nur schwer solche Typen, denen der Schmerz aus jeder Pore drang. Sobald er im Haus jemandem begegnete, räusperte sich dieser von Natur aus Missmutige, weil ihm eine imaginäre Fliege im Hals steckte und wie wild ihre Beine an seinem Kehlkopf rieb. Seine Frau war weiß und »dürr wie eine Bohnenstange«, sagte William, eine, die fand, dass das Meer zu laut sei und die Gezeiten sich nicht an die Essenszeiten hielten. Diese beiden brachten sich gegenseitig um vor Angst, es war schrecklich mit anzusehen.

Wenn Maryline solche verrückten Typen ertragen musste, fragte sie sich nach dem Sinn ihrer Tätigkeit. Sie war nicht überheblich, aber sie hatte immer schon Probleme mit jeder Art von Machtgehabe gehabt. Nach dem Tod ihres Vaters hatte sie als Alleinerbin von Ker Annette einige Jahre damit verbracht, die Villa zu renovieren und die Grundlagen für ein neues Leben zu legen, indem sie eine unüberwindliche Grenze zwischen vorher und nachher gezogen hatte, und »sicher nicht, um mich verrückt machen zu lassen«, wie sie sagte.

Maryline spürte den aufdringlichen Blick einer Familie von Urlaubern, die vom Strand zurückkamen, auf sich. Sie wandte den Kopf ab, gestört in ihren Überlegungen durch ihre Neugier. Mit zweiundvierzig strahlte Maryline immer noch etwas irritierend Geheimnisvolles und eine unverwelkte Schönheit aus. Groß und schlank, mit etwas breiten Hüften, wie die Männer sie lieben, wirkte sie, als könnte sie kein Wässerchen trüben, womit sie unweigerlich die Aufmerksamkeit auf sich zog. Sie war naturblond mit blauen Augen und hatte von ihrer Mutter eine makellose Figur und hohe Wangenknochen geerbt. Ihr Vater hatte ihr seine weiblichsten Merkmale vererbt, einen kleinen elastischen Mund und ein paar Sommersprossen, perfekt verteilt um ihre Nase und auf ihrer Stirn. Weil sie sich nicht schminkte, war sie jeden Tag von morgens bis abends sie selbst. Die Zeit verwöhnte sie. Sie ließ sie so langsam altern, dass es fast unmöglich war zu bemerken, dass sie sich veränderte. Die Sommerfrischler, denen sie im Seebad begegnete, fragten sich, woher sie ihre Souveränität nahm, die sie zweifellos besaß. Man schloss Wetten ab über ihre zwangsläufig ausländische Herkunft. Verträumt wie sie war, brachte sie andere zum Träumen, wenn sie gleichgültig ihren Beschäftigungen nachging. Mit jedem ihrer Schritte schien sie, langsam und frisch, etwas zu durchqueren, Schleier oder einen leichten Wind, der nur für sie wehte.

In der Ferne sah sie Georgia aus dem Haus stürmen und auf ihr Fahrrad springen. Die Luft war rein, sie konnte nach Hause zurück.

Kaum hatte sie den Garten betreten, stürzte sich der Belgier auf sie, kleiner als sie und purpurrot. Maryline musterte ihn und machte ein angemessen besorgtes Gesicht. Der Typ kam direkt zur Sache.

»Jemand ist in unser Zimmer gekommen, als wir nicht da waren«, sagte er mit seiner unangenehmen Fistelstimme und überaus feuchter Aussprache. »Hören Sie, ich will nicht lange drumherum reden, meine Frau findet ihren Ring nicht mehr.«

»Und was schließen Sie daraus?«, fragte Maryline und ging zur Außentreppe, dicht gefolgt von Verchueren, der fuchsteufelswild war.

Er war etwas verdutzt, denn mit so einer Unverfrorenheit hatte er nicht gerechnet. Er blieb in der Küchentür stehen.

»Der Ring meiner Frau befand sich in einem Schmuckkästchen in der Nachttischschublade. Sie hat ihn nur gestern Mittag getragen, als wir ins Restaurant gegangen sind, und sie erinnert sich ganz genau, dass sie ihn wieder hineingelegt hat, als wir zurückkamen.«

Maryline hatte am Ringfinger der Verchueren den großen Art-déco-Ring bemerkt, den sie schüttelte, damit er aufleuchtete und Bewunderung erregte.

»Und was ist Ihre Theorie?«

Sie ließ sich nicht aus der Fassung bringen, wich aber dem Blick des Streitlustigen aus.

»Können Sie sich auf Ihr Personal verlassen?«, zischte der Mann.

»Absolut«, erwiderte sie wie aus der Pistole geschossen.

Verchueren stand in der Tür und schnappte nach Luft, beide Füße fest auf dem Fliesenboden.

»Dieses Haus ist der reinste Taubenschlag«, fuhr er fort. »Und in Ihrer Werbung machen Sie unwahre Angaben über Ihre Leistungen!«

Okay, dachte Maryline, die inzwischen abgebrüht war. Die Internetseite der Halloways ließ mit ihrem äußerst eleganten Layout und wunderschönen Fotos der Zimmer mit Aussicht keinen Raum für Extravaganz. Tatsächlich erfuhr man sofort, dass das B&B in dem kleinen Seebad von einem ehemaligen Topmodel und einem Ex-Rockstar geführt wurde. Doch Maryline verlangte gemeinerweise von ihren Gästen, dass sie ihr Spiel »Alles ist völlig normal, und nichts kann mich überraschen« mitspielten, was ziemlich dreist war von jemandem, der einen majestätisch und atemberaubend schön auf der Schwelle seines Hauses empfing. Und William, mit Ray Ban Silver Mirror und schwarzen Saint-Laurent-Lackstiefeln, reichte einem eine gepflegte Hand mit Totenkopfring, die man mit angemessener Gleichgültigkeit zu schütteln hatte. Verchueren gehörte zu den Unverbesserlichen, deren Anblick die Halloways krank machte. Maryline weigerte sich zuzugeben, dass der Überraschungseffekt, den sie ihren Besuchern zumutete, manche sensiblen Gemüter überforderte.

Sie seufzte.

»Und was beabsichtigen Sie zu tun, Monsieur?«, fragte sie.

An den Kühlschrank gelehnt, blickte sie ihm jetzt mit einer Arroganz in die Augen, die Verchuerens Martyrium noch vergrößerte.

»Der Ring muss vor unserer Abreise morgen Mittag wieder auftauchen. Sonst werde ich Anzeige erstatten.«

Maryline hatte sehr schnell begriffen, dass der Diebstahlsverdacht ein Klassiker bei den Kleingeistern war. Der schwarze Peter wurde stets dem Hauspersonal zugeschoben. Ihr vorzuwerfen, das Haus sei dreckig, war ihr zweites Messer. Das waren ihre Lieblingswaffen, die einzigen, die sie kannten, um der Phantasie entgegenzutreten, wenn sie ihr begegneten. Die gute Frau war vermutlich mit dem Ring an den Strand gegangen und hatte ihn im Sand verloren, dachte Maryline. Diese Schussel waren die große Freude der Pfiffigen, die abends mit Metalldetektoren den Strand abgingen auf der Suche nach Familienschmuck und Geld, das aus den Taschen gefallen war.

Maryline versprach nichts. Es war unmöglich, ihr lange die Stirn zu bieten, wenn sie mit zusammengekniffenen Augen und verschränkten Armen dieses eigentümlich mehrdeutige Lächeln voller Zwischentöne aufsetzte. Angesichts dieser ebenso schönen wie eindrucksvollen Vestalin trat Verchueren den Rücktritt an. Mit eingezogenem Schwanz ging er in sein Zimmer hinauf, mit unterdrückter Wut und dem bitteren Gefühl, nichts erreicht zu haben.

»Ich gehe jetzt«, verkündete William vom Flur aus.

Jeden Freitag traf William sich sommers wie winters mit seinen Kumpeln, um Poker zu spielen, ein paar Jetons auf die Spieltische im Casino zu werfen und Redewendungen aufzuschnappen. Der harte Kern war ein Trio, dem sich von Fall zu Fall andere lokale Persönlichkeiten und manchmal auch Touristen anschlossen. Da war Étienne Legouic alias Flag, ein Handlanger, der sich an William klammerte wie an einen lebendigen Gott. Maryline duldete ihn mehr, als dass sie ihn schätzte, doch sie nahm es auf sich, weil der arme Kerl, wie William ihr regelmäßig in Erinnerung rief, »ein schweres Schicksal« hatte. Er war ein Überlebender, der eine Vergangenheit als Hochbegabter hinter sich hatte: Vor fünfzehn Jahren hatte Flag während der mündlichen Physikprüfung im Rahmen der Aufnahmeprüfung für die École Polytechnique einen

Anfall geistiger Umnachtung bekommen. Innerhalb weniger Stunden zu einem Minderbemittelten geworden, hatte er in der Notaufnahme des Krankenhauses erklärt, er sei verhext worden. William hatte seinen Weg gekreuzt, als er auf Entzauberungskur war. Bei einem Bier war der Star für den Rest seines Lebens zugleich Geschwür und Jodtinktur für ihn geworden.

Der andere Spitzbube war ein gewisser Édouard Herr, über den Maryline nicht viel wusste, außer dass der vornehme Antiquitätenhändler ein gutgehendes Geschäft hinter dem Casino hatte, in dem goldenen Dreieck, in dem die in rosa Kaschmir gekleideten Wohlhabenden aus Nantes einkauften. Wenn William von ihm sprach, hatte Maryline immer das Gefühl, dass dieser Typ ihm viel bedeutete. Ohne ersichtlichen Grund meldete sich ihr sechster Sinn, sobald der Name Herr ausgesprochen wurde, eine alte Gewohnheit der Ehefrau eines naiven und sentimentalen *guitar hero*, der nirgends etwas Böses vermutete.

Maryline erzählte William von ihrer Auseinandersetzung mit Verchueren.

»Das ist so nervig«, sagte sie.

»Forget it!«, rief er und betrachtete sich im Spiegel über dem Kamin im Salon.

Williams Eitelkeit zeigte sich in seinem lächelnden Spiegelbild. Er stellte den Fuß auf die Lehne eines Sessels. *These boots are made for walking*, trällerte er, während er mit dem Ärmel seiner Jacke seine liebevoll gepflegten Anello & Davide-Stiefel polierte.

Maryline blickte ihm in Gedanken versunken nach, wie er die Allee hinunterging, majestätisch im reinsten Monterey-69-Stil, die schlanke Gestalt eines angesäuselten Lords, und dabei Luftgitarre spielte, sein Lieblingsinstrument, dessen Saiten er niemals auszuwechseln brauchte. Mit wiegenden Hüften ging er zu seinem tannengrünen Austin Healey, den er mit offenem Verdeck startete. William, der Dandy, lebenslang ein Star, der unter keinen Umständen zu Fuß, auf einem Fahrrad und erst recht nicht in einem dieser neuen grauen Autos gesehen werden durfte, bewegte sich ausschließlich in seinem englischen Oldtimer fort, ein unverzichtbares Accessoire seines besonderen Status.

Maryline schüttelte ein paar Kissen auf, bevor sie sich im Wohnzimmer aufs Sofa setzte, ihr Notizbuch in der Hand, um zu Erledigendes zu notieren und Erledigtes durchzustreichen. Die Geschichte mit dem Ring trug dazu bei, dass das Gefühl des Unbehagens, das sie jeden Freitag verspürte, an diesem Abend erhebliche Ausmaße annahm. Sie hatte immer Angst um William gehabt, aus gutem Grund, rechtfertigte sie sich, denn sie hatte ihn schon mehrmals beinahe verloren und war der Ansicht, dass selbst das kleine Seebad nicht hundertprozentig sicher war.

Als sie vor zehn Jahren Ker Annette geerbt hatte, war es ihr gelungen, ihn dazu zu bringen, New York zu verlassen, und sie hatte ihn – der reinste Wahnsinn! – in die Bretagne verpflanzt, wo er nie gewesen war. Damals kannte er von Frankreich nur Marylines Akzent, die Pariser Clubs Privilège und Élysée Montmartre und zwei oder drei Luxushotels, in denen seine Band in ziemlich schlechter Erinnerung geblieben war. Entgegen aller Erwartungen hatte William mit fünfundvierzig den Salzwiesen einen außerirdischen Charme abgewinnen können, und er hatte sich in den Mittelalterkitsch des Hauses der Leflochs verliebt. Inzwischen kannte er fast jeden in dem Seebad, das ihn, wie er sagte, an Cape Cod erinnerte, wo er aufgewachsen war. Brutal aus einem traumhaften, aber nicht ungefährlichen Leben in New York gerissen, hatte er sein Studio eins zu eins in einem kleinen Nebengebäude unter den großen Bäumen im Garten nachgebaut.

William Halloway war ein vergötterter Star gewesen, und dass er plötzlich abtrünnig geworden war, war bis zum Überdruss kommentiert worden. Die anderen Mitglieder der New Yorker Band, düpiert, verbittert und ihres charismatischen Gitarristen beraubt, hatten Maryline damals »the French Yoko« genannt und sie beschuldigt, die traurige Reihe der Rockerbräute zu verlängern, die ohne lange zu fackeln die Macht übernehmen. Sie hatten ohne ihn weitergemacht, bevor sie aufgaben und in der Versenkung verschwanden.

Maryline und William hatten den Gerüchten keine weitere Nahrung gegeben und waren ohne Erklärung in das Haus in der Bretagne gezogen. Die Journalisten waren über sie hergefallen, Paparazzi, die in dem Nest kaum verborgen blieben, hatten denkwürdige Fotos von den Halloways in ihrem englischen Oldtimer ohne Verdeck mit zerzauster Göre auf dem Rücksitz geschossen. Dann hatte die kalte Jahreszeit die Neugierigen vertrieben. Zehn Jahre später hielten manche William für tot, andere sammelten die Piratenaufnahmen seiner Konzerte wie Reliquien, und manche Optimisten glaubten noch immer an die Wiederauferstehung der Band. William hatte sich ernsthaft darum bemüht, Französisch zu lernen, das er täglich mit gepfefferten Ausdrücken bereicherte. Dafür hatte man sein »Schwulengehabe«, sein Angeberauto und seine Meeresfrüchteallergie akzeptiert. Er hatte sich nicht besonders anstrengen müssen, um mit den Nachtschwärmern der Gegend warm zu werden.

Doch ganz ohne Probleme hatte William sich nicht verpflanzen lassen, denn er war durchgedreht wie eine Laborratte in die Bretagne gekommen. Zerfressen vom Heroin und trotz seines Willens, davon loszukommen, schien er damals dem Tod ohne Spritze noch näher zu sein als mit ihr. Wie ferngesteuert hatte Maryline nachts seinen Arzt in New York angerufen, meist in Tränen aufgelöst und verrückt vor Sorge. Sie hatte sich geweigert, die Ärzte vor Ort um Hilfe zu bitten, da sie die Gerüchte fürchtete, für die Williams Zustand ein gefundenes Fressen gewesen wäre. Und so hatte es Maryline ertragen, wochenlang in dem alten feuchten Haus, das immer noch nach der letzten Krankheit ihres Vaters roch, in der Hölle eingeschlossen zu sein, hatte die wahnsinnigen Schreie von William auf Entzug ertragen, in die sich die disharmonischen Melodien der riesigen Kiefern mischten, die im Garten vom Wind gepeitscht wurden, hatte es ertragen, durch die Nacht zu laufen, um William zurückzuholen, wenn er schwankend am Rand der Klippen stand, kurz davor zu springen, und hatte das Delirium, das Erbrechen, die Beschimpfungen und den Sabber ertragen, und das alles, trauriger als die Sturmglocke, vor dem Hintergrund des Regens, Regens, Regens. Maryline hatte durchgehalten, William auch, und Georgia auf ihre Weise, die, ein kleines Mädchen damals und konzentriert auf ihre Miniaturpuppen, diese ganze schmutzige Geschichte vollkommen vergessen hatte.

Eines Morgens im Juni war William in die Küche gekommen und hatte Maryline in die Arme genommen. Leise hatte er gemurmelt, »it's over now, es ist vorbei«, und er hatte das Heroin tatsächlich nicht mehr angefasst.

Maryline aß allein zu Abend und teilte ihre Teekanne anschließend mit Rebecca Merriman, die bei Einbruch der Dunkelheit melancholisch wie ein Neugeborenes wurde. Sie beklagte sich auch über die plötzliche Frostigkeit der Verchuerens ihr gegenüber.

»Diese Leute sind nicht sehr gut erzogen«, sagte sie durch die Nase sprechend wie eine Ente.

Die Amerikanerin wollte in Frankreich französisch sprechen, doch sie hatte nicht die Sprachbegabung ihres Cousins William. Das war nervig und überflüssig, denn jeder im Haus verstand Englisch. Und so musste man geduldig zuhören, wie sie die Worte suchte, und wie bei einer Stotternden warten, dass der Satz herauskam.

Maryline erzählte ihr den Vorfall mit dem Ring. Miss Merriman legte automatisch die Hand auf ihr Türkisarmband. Maryline machte sich Vorwürfe, dass sie die alte Dame, die sie an diesem Abend noch zerbrechlicher als sonst fand, beunruhigt hatte. Sie lächelte und sah ihr zu, wie sie den Kamillentee mit der Präzision einer Hausdame einschenkte. Dieses kleine, durch rigorose Disziplin abgemagerte Wesen war ein reines Neu-England-Produkt. Sie hätte eine wunderbare Anstandsdame in einer Erzählung von Henry James abgegeben, dachte Maryline, eine intelligente und diskrete Jungfer in der Rolle der Erzählerin einer Liebesgeschichte mit stark verbogenen Federn. Die Amerikanerin verausgabte sich, indem sie von sechs Uhr morgens an in einem fort den Strand entlanglief, auf dem Zöllnerweg Pflanzen sammelte und sich von Himbeertörtchen ernährte, die sie wie eine Maus im Bett aß. Rebecca Merriman hatte ihr Leben in ein Eden kleiner Dinge verwandelt, von morgens bis abends in Staunen versetzt durch die absonderlichsten Eindrücke, die ihre zerbrechlichen Knochen erzittern ließen. Sie empfing sie wie kostbare Geschenke, die sie wie ein Notar in kleinen schwarzen Notizbüchern mit Gummiband notierte, die sie immer in der Tasche hatte. Maryline ertappte sie manchmal, wie sie verständnisinnig alten Damen aus Nantes zulächelte, in denen sie sich wiedererkannte. Perlen an den Ohren, echt weißes Haar und Jungmädchenteint, die Internationale der Alten war durchaus facettenreich.

Miss Merriman hatte ihr Herbarium und ihr Wörterbuch mitgebracht. Sie holte einen Kugelschreiber hervor, der in der Bar-Tabac am Hafen verkauft wurde und auf dem ein Mann im Slip abgebildet war, den er auszog, wenn man ihn neigte. Maryline übersetzte ihr ihre Tagesfunde, darunter die gelbblütige Mittelmeerstrohblume, die sehr stark nach Curry roch. Die alte Amerikanerin leistete ihr nicht lange Gesellschaft und ging wieder in ihr Zimmer hinauf, nachdem sie ihrer Gastgeberin zum x-ten Mal während ihres Aufenthalts für ihre Gastfreundschaft gedankt hatte.

Georgia kam ein paar Minuten später nach Hause.

»Schmeiß all diese Touristen raus! Ich kann sie nicht mehr sehen! Rutsch zur Seite!«, sagte sie und ließ sich direkt neben ihrer Mutter aufs Sofa fallen.

Maryline stellte fest, dass in ihrer Abwesenheit Frieden geschlossen worden war, wie sie es von Georgia gewohnt war. Das Mädchen holte ein Päckchen Zigaretten aus ihrer Tasche. Als sie bemerkt hatte, dass sie rauchte, hatte Maryline betrübt an die rosigen Lungen ihrer einzigen Tochter gedacht, und dann hatte sie innerhalb weniger Wochen mitbekommen, dass sie aluminiumhaltige Deodorants verwendete, Kaffee trank und sich auf Motorroller hinter Jungs setzte, die glaubten, sie ritten ein Pferd. Und da hatte sie begriffen, dass sie nur noch eine privilegierte Zuschauerin in Georgias Leben war. An ihre Mutter geschmiegt, zündete die Jugendliche ihre Zigarette aus Virginia-Tabak an und blies den Rauch zur Decke, träumerisch wie eine Angestellte in der Pause. Georgia hatte einen kleinen Job im Fremdenverkehrsbüro für die ganze Sommersaison ergattert, »weil ich nicht nach Barcelona darf«, wie sie regelmäßig in bitterem Ton anmerkte. Sie schilderte Maryline ihren »Irrsinnsabend«, und diese konnte sich alles lebhaft vorstellen, je mehr Georgia sich in Szene setzte. Mit drei anderen Praktikantinnen hatte sie den »24 heures de la bille«, dem »Tag der Murmeln«, den letzten Schliff verpasst, der am nächsten Tag stattfinden sollte – seit einigen Sommern der Höhepunkt der Saison. »Eine echte Herausforderung für die Phantasie und das technische Fachwissen«, der lokalen Presse zufolge, die seitenweise darüber berichtete. Die Strecke, die von zwei Bildhauern auf Sand aufgebaut worden sei, »zwei Blödmänner aus Rennes, die sich furchtbar aufgespielt haben«, kommentierte Georgia, weise in diesem Jahr eine gewisse Anzahl von erhöhten Kurven ohne Ränder auf, die für die Spieler mit ihren Murmeln besonders schwer zu bewältigen seien. Reine Personnic, die Leiterin des Fremdenverkehrsbüros, verspreche sich viel von dem Ereignis, das sich dieses Jahr vor Teilnehmern kaum retten könne.

Maryline war mit Reine Personnic auf dem Gymnasium gewesen. Seit ihrer Rückkehr aus den Vereinigten Staaten liefen sie sich von Zeit zu Zeit in der Stadt über den Weg, doch die beiden Frauen taten so, als würden sie sich nicht kennen. Maryline fragte sich, wer von ihnen damit begonnen hatte, die andere zu ignorieren, und warum. Sie hatte Reine als eine kleine Blondine in Erinnerung, die schon damals eine Führernatur und ständig gestresst, ihr aber sehr sympathisch gewesen war.

»Und morgen?«, fragte Maryline.

Sie reichte Georgia den Aschenbecher, ein Vatertagsgeschenk. Ihre Tochter schien nachzudenken und seufzte.

»Morgen informieren wir über die Quallen. Die Quallen sind zurück«, rief sie, die Hände zum Sprachrohr geformt. Maryline legte einen Finger auf den Mund, den Blick in Richtung der Gästezimmer erhoben. »Anschließend«, fuhr Georgia fort, »werden wir die Ausstellung über die geheimnisvolle Welt der Algen in der großen Halle aufbauen. Ab 15 Uhr gibt es eine Weinprobe, falls du Lust hast.«

Georgia gähnte, schnappte sich den schlaffen Schlauch, der ihr als Handtasche diente, und holte einen dicken Stapel Prospekte heraus, den sie Maryline reichte. Genug Beschäftigung für die Regentage, die fürs Wochenende vorhergesagt worden waren. Jeder trug das Seine dazu bei, die Urlauber in dem Seebad, wo der Trubel bereits abflaute, bei Laune zu halten. Die Jagdgesellschaft organisierte ihren Flohmarkt auf dem Parkplatz des Supermarkts, für das Wochenende war eine Regatta historischer Segelschiffe angekündigt. Postkartenböse, Backofenfest, *Fest-noz* mit bretonischen Tänzen, Spendenaktionen, Country-Abend im Festsaal – für jeden Geschmack war etwas dabei, Reine Personnic hatte sich mächtig ins Zeug gelegt. Das war auch nötig, dachte Maryline, in diesem bretonischen Nest, wo es mitunter auf drei Häuser regnete, aber nicht auf das vierte, wo der Himmel sich nie entscheiden konnte. Sie sortierte die Prospekte und legte sie in Stapeln auf die Konsole im Eingang. Georgia streckte sich und verkündete, sie wolle »sich in die Falle hauen«.

Allein geblieben, spürte Maryline, wie die Müdigkeit sie übermannte. Sie kannte diese Mattigkeit nur zu gut, die sie überkam, wenn sie überfordert war. Gelähmt, als stecke sie in einer Tube Klebstoff, war sie dann nicht mal mehr fähig, auch nur den kleinen Finger zu bewegen.

Georgia stand immer noch unten an der Treppe, auf der Lauer wie ein Detektiv, sobald ihre Mutter in so einer eigenartigen Stimmung war.

»Wo ist Papa?«, fragte sie, während sie zum dreißigsten Mal an diesem Tag eine dicke schimmernde Schicht klebrigen Lippenstifts auftrug.

»Bei Herr, nehme ich an«, sagte Maryline seufzend.

Sie stand auf, knipste die zehn Lampen im Salon aus und folgte ihrer Tochter auf der Treppe.

Maryline wurde wach, als William ins Schlafzimmer kam. Er torkelte im Dunkeln. Total betrunken, stellte sie fest. Der Wecker zeigte drei Uhr zehn.

Er hüpfte unsicher auf einem Bein, während er seine enganliegende Steghose abzustreifen versuchte, bevor er auf den Teppichboden fiel.

»Shit!«, rief er fröhlich und kroch zum Bett.

»Nicht so laut, William!«, flüsterte Maryline. Er näherte sich ihr, um sie zu küssen. »Du stinkst nach Whisky«, sagte sie und schob ihn sanft weg.

»O ja!«, flüsterte er und schmiegte sich an Maryline. »Ich fühle mich leicht entflammbar. Zünde dein Streichholz an, meine Schöne, ich gehöre dir!«

Diesmal stieß sie ihn erbarmungslos von sich. Er beließ es dabei.

William schloss die Augen. Maryline wartete einen Augenblick, bis er sich beruhigt hatte, dann näherte sie sich ihm langsam. Er kicherte vor sich hin, wahrscheinlich über irgendeinen dämlichen *Joke,* den er wohl mit einem ebenso sturzbetrunkenen Flag ausgetauscht hatte. Wenn sie zusammen waren, kam dabei immer ganz besonderer Blödsinn heraus, das Ergebnis einer Feinchemie, die sie miteinander verband. Unwillkürlich musste sie lachen. William war unverbesserlich auf seinem makellosen Kopfkissen.

»You know what?«, sagte er nachdenklich und zog die Daunendecke über seinen nackten Oberkörper. »Seit dreißig Jahren frage ich mich, ob die Beach Boys just a load of crap sind or not.«

Er lachte, und sein Atem verpestete das Zimmer. Dann streichelte er lange Marylines Rücken, während er leise trällerte.

Went to a party
I danced all night
I drank sixteen beers
And I started up a fight
Too drunk to fuck
Too drunk to fuck …

2

Maryline trat unwillkürlich einen Schritt zurück, als sie Miss Merriman in die Küche kommen sah, zerzaust und völlig aufgelöst; ihr Schrittmesser baumelte am Unterarm.

»Da ist eine …«

Sie unterbrach sich, um Atem zu schöpfen. Ihre Augen waren schreckgeweitet.

»Say it in English, please!«, bat Maryline sie ungeduldig, plötzlich sehr besorgt.

Und da packte Miss Merriman keuchend aus. »Eine Frau am Strand … In der kleinen Bucht, vor dem Haus«, stammelte die alte Dame in ihrer Muttersprache. »Man könnte meinen, sie sei tot.«

Maryline stellte die Kaffeekanne langsam auf den Tisch, nahm im Flur ihre Jacke und lief zum Strand. Die Amerikanerin ließ sie in der Obhut von Annick zurück, die gerade gekommen war. Sie stieg die in den Felsen gehauenen Stufen hinunter und blickte auf ihre Füße, um nicht zu stolpern. Irgendwo in ihrem Hinterkopf schimmerte hoffnungsvoll die Möglichkeit auf, Miss Merrimans altes Gehirn könnte einer Luftspiegelung aufgesessen sein. Die Bucht roch stark nach der Feuchtigkeit der kalten Steine und der Ebbe. Die alte Amerikanerin hatte sich nicht getäuscht. Da lag jemand auf dem Sand. Maryline näherte sich langsam dem Körper, der merkwürdig zusammengerollt dalag, wie ein Schläfer, und kniete sich hin, um ihn aus der Nähe zu betrachten. Es war der Körper einer jungen Frau, den das Meer ihr zu Füßen geworfen hatte, so wie eine Katze uns ihre tote Maus schenkt. Sie trug ein langes Kleid, das bis zu den Knien hochgerutscht war und sich um ihren Körper gewickelt hatte, eine Kopie dieser Hippieklamotten, wie man sie damals getragen hatte. Ihr linker Arm, von der Schulter bis zum Handgelenk von einer blauen Tätowierung bedeckt, die Maryline aus der Ferne für eine Alge gehalten hatte, sah aus der Nähe wie der Ärmel eines Jacquard-Pullovers aus. Sie beugte sich zu dem aufgedunsenen bläulichen Gesicht des Mädchens hinunter. Ihre Augen waren geschlossen, und eine dünne Strähne klebte wie ein Fragezeichen auf ihrer Wange. Maryline drückte vorsichtig ihren Daumen in den Arm der Frau, in der Hoffnung auf eine Reaktion, obwohl sie allem Anschein nach tot war. Sie blieb im eiskalten Sand neben dem leblosen Körper sitzen und betrachtete eine Weile das Meer, das mit kleinen, sich kräuselnden Wellen zurückkehrte. Der Himmel war bereits hell, doch die gereinigte frühmorgendliche Luft war ein Versprechen, das an der Küste dieses Meeres nicht viel galt. Sie spürte neben sich die beharrliche Präsenz des Leichnams und dachte, dass dieses Mädchen diesen Tag und von nun an auch keinen weiteren mehr erleben würde. Sie näherte sich erneut dem Gesicht der Toten und führte einen Finger unter ihrer Nase entlang, um festzustellen, ob sie noch atmete, wie sie es getan hatte, als Georgia ein Baby gewesen war, um sich zu beruhigen.

Schwerelos in ihrem Albtraum, mit Übelkeit kämpfend und traurig, ging sie bis zum Meer. Als sie den Kopf zur Klippe und zu ihrem noch schlafenden Haus hob, trat sie in ein warmes, glitschiges Wasserloch. Sie betrachtete den Meerlattich, der auf ihrem Schuh wogte, ohne ihn zu sehen, und setzte sich auf den nächsten Felsen. Sie drehte den Kopf zu dem Mädchen, das noch immer an derselben Stelle lag, und bei dem Gedanken, dass das Mädchen auch hätte schlafen können, die Realität aber ganz anders aussah, seufzte sie wütend. Maryline fror, und es war eine Kälte, die von weither kam, aus dieser verglasten Vergangenheit, die sie seit ihrer Rückkehr nach Frankreich auf Distanz hielt und die nun zu zersplittern drohte. Sie zog ihre Schuhe aus, wischte die Füße mit der flachen Hand ab und warf einen dünnen Streifen Braunalge ins Wasser, der an ihrer Wade geklebt hatte. Sie fragte sich, was sie tun sollte, und war stark in Versuchung, gar nichts zu tun. Schließlich war die Bucht nicht ihr Garten, auch wenn man sie für den Privatstrand von Ker Annette halten konnte. Sie stand auf, ging schwankend über den glitschigen Felsen zum Strand zurück, trat in eine Bank blauer Strandschnecken, die sich am Felsen festgesaugt hatten, fluchte leise und stieg wieder zum Haus hinauf.

Einen Augenblick schlich sie um das Telefon herum, unfähig, die Nummer des Kommissariats zu wählen. Maryline hatte ein Polizeitrauma, sie gehörte zu den Menschen, die sich ihr Leben lang schuldig fühlen, sobald sie Bullen in Uniform begegnen. In New York hatte sie allzu oft gewalttätige Razzien in ihrer Wohnung oder in den Clubs von Soho erlebt. Mehr als einmal hatte sie Williams Koks in der Toilette runtergespült oder in Aspirinschachteln versteckte Amphetamine aus dem Fenster geworfen. Sie hatte es gehasst, gefilzt oder aus Shootings herausgeholt zu werden. Sie hatte es gehasst, Kautionen zu bezahlen, um William und seine bekifften Musiker aus dem Knast zu holen. Sie hatte das unbestimmte Gefühl, dass alles wieder von vorn beginnen würde, wenn die Bullen bei ihnen herumschnüffelten, auch wenn William nur noch Whisky trank und Gras rauchte, das er unter seinen Pullovern versteckte. Dann sah sie das Mädchen am Strand wieder vor sich, ihren Körper, der plötzlich zu einem liegengelassenen Gegenstand geworden war, und nahm den Hörer ab.

Annick hatte Miss Merriman in ihr Zimmer begleitet und war dabei, den Frühstückstisch für die Verchuerens zu decken. Maryline erklärte ihr ganz ruhig die Situation. Annick war nie dort, wo man sie vermutete. Die Hände auf den Hüften, blickte sie aus dem Fenster, als könnte sie die Ertrunkene von dort aus sehen.

»Übel zugerichtet?«, fragte sie in ihrem üblichen schroffen Ton.

Annicks eintöniges Leben, die Gewalt ihres Mannes, die ihr einziges Problem war, hatten die Putzfrau einen surrealistischen Abstand gewinnen lassen zu allem, was nicht in direktem Bezug zu ihrem persönlichen Drama stand. Wenn es sich nicht um den Leichnam einer verprügelten Frau handelte, ging sie gleichgültig darüber hinweg.

Es dauerte nur ein paar Minuten, bis die Polizei auftauchte, sogar mit Blaulicht und Sirene, was an der um diese Zeit menschenleeren Küstenstraße vollkommen überflüssig war. Maryline zitterte vor Nervosität, ihre Allergie gegen Uniformen hatte sich tatsächlich nicht gebessert nach zehn Jahren Waffenstillstand. Vom Fenster aus sah sie, wie ein Krankenwagen hielt und Nachbarn aus ihren Häusern kamen, alarmiert vom Lärm und vom ungewohnten Trubel auf der kleinen Küstenstraße. Annick lief zwischen Küche und Esszimmer hin und her, ihr Veilchen glänzte von der entzündungshemmenden Salbe, und ihre Nylonschürze raschelte auf der Haut ihrer nackten Arme. Sie strömte ihren charakteristischen Geruch aus, eine ausgewogene Mischung aus Schweiß und Eau de Cologne. Maryline schlürfte mechanisch ihren Kaffee. Die Polizisten waren nur ein paar Meter entfernt und blickten vermutlich zu ihrem Haus hinauf. Leicht zitternd, saß sie wie festgewachsen auf ihrem Stuhl. Sie begegnete Annicks Blick und fixierte ganz bewusst ihr bläuliches Monokel. Marylines Wut konzentrierte sich jetzt auf diese Frau, die sich im Drama wie zu Hause fühlte. Sie atmete langsam, um sich wenigstens ein bisschen zu beruhigen und nicht ihre Putzfrau für die eigene Panik verantwortlich zu machen.

Sie hörte den Krankenwagen wegfahren, aber nicht die beiden Polizeiautos. Kaum fähig zu denken, suchte Maryline sich alle möglichen Beschäftigungen, um die Zeit totzuschlagen, und half schließlich Annick in der Wäschekammer.

»Monsieur Herr, kennen Sie ihn?«, fragte Maryline sie.

»Das ist der Typ vom Bunker, oder?«

Bunker nannte man die Villa Esteraza, die dem Antiquitätenhändler, der Sammlerstücke aus den dreißiger Jahren verkaufte, gehörte und eher einem Kreuzschiff ähnelte.

»Ja«, erwiderte Maryline.

»Dieser Typ ist millionenschwer. Er lebt ganz allein in dieser Riesenbude.«

Annick hatte anscheinend keine Lust, über Herr zu reden, und ließ Maryline einfach inmitten der schmutzigen Wäsche stehen.

Maryline öffnete die Schlafzimmertür und schüttelte William, der leise schnarchte. Er hatte seinen Totenkopfring nicht abgenommen, der sie mit seinem smaragdgrünen Blick anstarrte. William öffnete die Augen und sah Maryline wie eine Unbekannte an. Da er kein Frühaufsteher war und der Deal so alt wie ihre gemeinsame Geschichte war, ließ sie ihn normalerweise so lange schlafen, wie er wollte.

»Was ist los?«, fragte er und blickte auf den Radiowecker.

»Miss Merriman hat eine Leiche am Strand gefunden. Ich habe die Polizei verständigt. Bitte steh auf.«

»Eine Leiche? Shit!«

William stand etwas zu abrupt auf und schwankte auf seinen langen Beinen. Maryline packte ihn am Arm und half ihm, das Gleichgewicht wiederzufinden. Auf dem Bettrand sitzend, sah sie zu, wie er sich anzog. Er wirkte noch immer betrunken. Das kommt wirklich ungelegen, dachte sie.

»Was für eine Leiche?«, fragte er, während er nachdenklich vor dem geöffneten Wandschrank stand.

Verzweiflung packte Maryline. William schien sich nicht zwischen einem weißen Hemd und einem schwarzen T-Shirt mit dem Spruch »free your ass« in westgotischer Schrift, besonders passend angesichts der Umstände, entscheiden zu können.

»Eine junge Frau. Eine junge Frau mit einer Tätowierung auf dem linken Arm und in einem langen Kleid.«

Williams Blick flackerte eine Viertelsekunde, dann zog er sein T-Shirt an, den Rücken Maryline zugewandt.

»Was habt ihr gestern Abend gemacht?«, fragte sie und zog die Vorhänge auf.

»Das Übliche«, sagte William in gespielt neutralem Ton. Das

Tageslicht tat seinen Augen weh. »Das Übliche«, wiederholte er, offensichtlich begeistert vom Klang dieses Ausdrucks.

»Das heißt?«

»Ich habe mit Flag ein Glas bei Herr getrunken. Der vierte Pokerspieler hat abgesagt, und so sind wir ins Casino gegangen. Danach sind wir kurz im *Joker* gewesen. Danach …« Er zögerte und blickte verstohlen zu Maryline, die auf die Fortsetzung wartete. »Danach erinnere ich mich nicht mehr so genau. Wir haben ganz schön gebechert, honey.«

»Wie bist du nach Hause gekommen? Ich habe den Wagen nicht gesehen.«

William schien ehrlich bemüht, sich zu erinnern. Er seufzte, eine Stiefelette in der Hand.

»Ich erinnere mich nicht. Ich weiß, dass ich den Wagen bei Herr habe stehen lassen. Ich nehme an, er hat mich nach Hause gebracht. Es wird mir wieder einfallen. Es fällt mir immer wieder ein.«

»Ihr wart nur zu dritt?«, fragte Maryline und betete, dass es so war.

William zog seine zweite Stiefelette mit dem Schuhanzieher an, auf dem Bett sitzend, mit dem Rücken zu ihr.

»Ich glaube«, murmelte er.

Sie ächzte betrübt.

»Ich will, dass du dir sicher bist, William«, rief sie und stand auf.

Sie näherte sich ihm und stellte sich in ganzer Größe vor ihn.

»Nein, ich bin nicht sicher. Flag hat ein Mädchen angesprochen, als wir das *Joker* verließen, aber …«

»Aber was?«

Er fummelte an dem Schuhanzieher herum, und sie riss ihn ihm aus den Händen.

»Flag wollte sie flachlegen, aber sie schien nicht interessiert.«

Flag versuchte stets, Mädchen flachzulegen, die William flachlegen wollten. Und meist war Flag bereit, sie ihm nackt und kaum volljährig auf dem Altar seiner schwachsinnigen Bewunderung zu opfern.

»Don't worry, honey! Du hast nichts zu befürchten.«

»Das Mädchen, das ihr mitgenommen habt, hatte es eine Tätowierung?«

»Vielleicht … vielleicht. I don't remember.«

Maryline sprang auf, als sie die Klingel der Eingangstür hörte, und rannte die Treppe hinunter.

Sie begegnete Georgia, die sie mit völlig zerzaustem Haar, wie nach dem Sturm des Jahrhunderts, fragte, was das für »ein Radau da draußen« sei. Maryline ignorierte ihre Tochter und öffnete verstört die Tür.

Maryline war langsam, sie brauchte für alles ihre Zeit, und sie wusste es genau. Wenn alle in Panik gerieten, zog sie sich in einen gepolsterten Raum zurück, irgendwo in einer Ecke ihres Kopfes, wie in ein Kloster. Dort dachte sie nach, sortierte, entschied. Sie respektierte diesen Rhythmus, den ihr Wesen ihr aufzwang. Es war eine Art instinktive und zwingende Klugheit, die ihr das Gleichgewicht zu bewahren und die Zufälle des Lebens zu ertragen half. Wenn sie etwas überforderte, spürte sie, wie ihr Organismus kämpfte, um ihr Herz zu beruhigen und sich in einen Zustand der Benommenheit zu versetzen. Sie verlangsamte dann ganz natürlich ihre Bewegungen und akzeptierte nach und nach, was ihr da widerfuhr.

Deshalb brauchte sie mehrere Sekunden, um zu begreifen, dass Simon Schwartz da vor ihr auf der Türschwelle stand, in der Rolle des Polizisten. Und sie brauchte ein paar weitere Sekunden, um zu bemerken, dass er ebenso überrascht wie sie war. Sie sagte ein oder zwei Sätze, die sie verzerrt hörte wie in einer Muschelschale. Maryline trat beiseite, um ihn hereinzulassen, und fasste sich ganz schnell wieder, als Verchueren in ihr Blickfeld trat. Er stand an der Treppe, neugierig und übel gesinnt. Der kühle Blick des Bullen schüchterte ihn ein, und er stieg wieder in sein Zimmer hinauf, wenn auch langsam.

»Komm«, sagte Maryline und ging ihm in die Küche voraus.

Annick verließ den Raum, ohne dass sie darum gebeten worden war, ihr Veilchen hinter einem Geschirrtuch versteckt.

»Hast du das Mädchen entdeckt?«, fragte er.

Simons Stimme, wie aus der Vorhölle zurückgekehrt, klang hart und tief.

»Du bist Bulle, Simon? Ich fasse es nicht. Und außerdem dachte ich, du wärst woanders.«

»Nachdem du weggegangen warst …« Simon zögerte. »Nachdem du weggegangen warst, bin ich nach Nantes gezogen, um meine Ausbildung zu beenden. Danach hat man mir einen Posten in Straßburg angeboten. Die Sache hat mich gereizt, und schließlich bin ich fünfzehn Jahre geblieben.«

»Wann bist du zurückgekommen?«

»Im Januar.«

Maryline rechnete aus, dass sie sich seit sechs Monaten Dutzende Male verpasst haben mussten, vielleicht nur um ein paar Sekunden. Sie mussten auf der Straße oder in den Geschäften aneinander vorbeigegangen sein, ohne sich zu sehen. Es war kaum zu glauben. Und warum hatte er sich ausgerechnet die Stadt in Frankreich ausgesucht, die am weitesten vom Meer entfernt war, er, der ohne das Meer nicht leben konnte?, fragte sie sich. Sie konnte ihm nicht ins Gesicht sehen. Simon beobachtete sie aufmerksam, wie sie in der Küche hin und her lief. Sie stellte eine Tasse Kaffee vor ihn hin und lehnte sich dann an die Spüle, in gebührendem Abstand.

»Es überrascht dich, dass ich bei der Polizei bin?«

»Ja, natürlich überrascht mich das«, erwiderte sie gereizt.

»Und du als Hotelbesitzerin, schon ulkig, hm?« Aus Simons Blick sprach reine Bosheit. »Was hast du um sieben Uhr morgens am Strand gemacht?«, fragte er ein wenig schroff.

Sie erzählte ihm, in chronologischer Reihenfolge, von ihrer Rückkehr in die Bretagne nach sieben Jahren in Amerika, von dem Bed & Breakfast, von Miss Merriman und von ihrem täglichen Strandspaziergang.

»Ist sie ertrunken?«

»Das weiß ich nicht. Die Obduktion wird uns mehr sagen.«

Simon blickte sich in Marylines Küche um, ihre Sammlung englischer Teekannen, die Post-its am Kühlschrank, verweilte bei Georgias letzten Ergüssen, ein »how are you today?« in blutroten Buchstaben, gehalten von einem Magneten am Geschirrspüler.

»Es gefällt mir jetzt besser als früher. Ich dachte, du hasst dieses Haus?«

»Ich auch. Aber ich musste handeln, als ich zurückkam, und ich hatte keine Wahl. Ich wollte es verkaufen, aber ich bekam kein interessantes Angebot, also habe ich mich zum Renovieren entschlossen, und ich habe alles beseitigt, was …«

Maryline unterbrach sich. Den Mund halb geöffnet, ließ sie in ihrer Kehle den Rest des Satzes sterben, den Simon nicht hören sollte. Er wandte den Kopf ab. Maryline kannte ihn so gut, dass es ihr nicht schwerfiel, sich die Verwirrung auf seinen Zügen vorzustellen, die er mit knapper Not verborgen hatte, indem er ihr den Rücken zuwandte.

Simon trommelte mit dem Kaffeelöffel auf seinem Notizbuch, während Maryline um ihn herumwuselte, ein Schmetterling, der unwiderstehlich angezogen wurde von der Lampe, die seine Flügel verbrennen würde. Das Surren einer Waschmaschine im Schleudergang, Husten im Stock über ihnen und das Geräusch von Schritten auf der Treppe erlaubten ihnen, die Anspannung zu ertragen und nicht voreinander zu fliehen. Sie hatten seit zwanzig Jahren nicht miteinander geredet, und jetzt klammerten sie sich in der Küche von Ker Annette an Andeutungen genau wie damals, als die Provokationen des einen beim anderen das wahnsinnige Verlangen schürten, Schläge mit millimetergenauem Feingefühl zu erwidern, das sie seit ihrer Kindheit codiert hatten und das die Zeit nicht beeinträchtigt zu haben schien.

»Wie geht es jetzt weiter?«, fragte sie.

»Wir werden ermitteln. Man wird sehen, ob es sich um einen Unfall handelt. Wir werden herausfinden, wer dieses Mädchen ist und warum sie in dieser Bucht war. Wie es scheint, ist sie ganz in der Nähe der Küste ertrunken. Da Ebbe war, ist sie nicht lange im Wasser gewesen. Sie hatte keine Papiere bei sich, und wir haben keine Handtasche in der Nähe gefunden. Du hast nichts Ungewöhnliches gehört letzte Nacht?«

»Nein.«

»Du hast nichts am Strand gefunden?«

»Nein. Na ja, ich glaube nicht. Ich kann nicht behaupten, dass ich gesucht habe.«

»Ich werde alle hier im Haus vernehmen müssen.«

Maryline erstarrte und dachte an den verlorenen Ring der Verchuerens. Und Georgia, die den größten Unsinn von sich geben konnte, um sich interessant zu machen, und Annick mit ihrem Veilchen, und William, mein Gott, William!

Es klingelte an der Tür. Simons Partner kam herein. Maryline wurde beauftragt, den Verchuerens, Miss Merriman und den anderen mitzuteilen, dass die Polizei da sei und Fragen an sie habe. Sie zog es vor zu verschwinden und ging mit Annick nach oben, um die Zimmer zu machen.

»Wussten Sie, dass Simon Schwartz Bulle ist?«, fragte sie sie.

Auf dem Balkon schüttelte die Putzfrau Miss Merrimans Badetuch übertrieben heftig aus. Mit jeder ihrer Bewegungen schien Annick ihren Mann zu ermorden. Sie ertränkte ihn im Spülwasser, zerschnitt ihn mit dem Küchenmesser und peitschte ihn mit dem Badetuch der Amerikanerin bis aufs Blut aus.

»Ja.«

Maryline hätte Annick, die sich ihr gegenüber ständig so abweisend verhielt, den Hals umdrehen können. Sie reagierte nicht weiter und wechselte mechanisch Miss Merrimans Bettbezug.

In einem plötzlichen Anfall von Niedergeschlagenheit brach sie, auf dem Bettrand sitzend, in Tränen aus. Annick, die von der Terrasse zurückkam, betrachtete sprachlos Marylines von verzweifelten Schluchzern geschüttelten Rücken. Verlegen berührte sie die Schulter ihrer Arbeitgeberin. Annick, die nicht einmal imstande wäre, eine Katze zu streicheln, litt Höllenqualen.

»Es ist nichts«, stammelte Maryline.

Rebecca Merriman, die etwas außer Atem ins Zimmer kam, erlöste sie.

»Ho! Mrs Halloway?«

Als im Trösten geübte Amerikanerin richtete Miss Merriman Maryline behutsam auf, öffnete die Schublade ihres Nachttisches und reichte ihr ein nach Eukalyptus duftendes grünes Papiertaschentuch. Annick, die sich in Gegenwart einer dritten Person sichtlich wohler fühlte, trat zu ihnen ans Bett. Stumm und ernst betrachtete sie Maryline voller Neugier, die nutzlosen Hände flach auf ihre Schenkel gepresst. Miss Merriman hielt behutsam Marylines Handgelenk, als wollte sie ihren Puls fühlen.

»Dieser Körper am Strand hat mich völlig aus der Fassung gebracht«, sagte Maryline.

Sie schnäuzte sich und seufzte tief, um wieder zu sich kommen. Sie hörte ohne zu verstehen, wie die beiden Frauen über die Toten sprachen, die sie in ihrem Leben gesehen hatten. Großeltern, Eltern, Brüder und Ehemann bei der Amerikanerin, Unfalltote und im Meer Ertrunkene bei Annick. Sie wetteiferten darum, wer mehr gesehen hatte. Ja, der Anblick des toten Körpers dieser Frau hatte Maryline erschüttert, aber es war nicht nur das. Sie konnte nicht über das Wesentliche reden, über ihre panische Angst, William könnte in die Geschichte verwickelt sein und das ganze Theater würde von vorn beginnen. Sie konnte auch nicht über den Schock reden, den es ihr versetzt hatte, Simon zu sehen, Simon, ihre Jugendliebe, dessen Spuren sie noch auf ihrem Körper trug, Simon, ihren Bruder von der Küste, durch den sie das Verlangen und dann die Lust kennengelernt hatte und den sie ohne Erklärung verlassen hatte, um ihr Leben anderswo zu leben. Maryline stieß einen tiefen, betrübten Seufzer aus, der Annick und Miss Merriman in Panik versetzte. Sie tauschten einen halb komplizenhaften, halb besitzergreifenden Blick aus.

»Mama, der Bulle will dich sprechen!«, rief Georgia und stürmte ins Zimmer.

Sie blieb abrupt stehen, als sie die drei Frauen sah, die sich an den Händen hielten wie Hexen beim Sabbat.

»Was ist denn hier los?«, fragte sie.

Sie ging zu ihrer Mutter und bemerkte ihr gerötetes, vor Tränen glänzendes Gesicht.

»Mama?«

Wenn es etwas gab, das sie ihre Arroganz verlieren ließ und sie vom zeternden Fischweib in ein verängstigtes und gehorsames kleines Mädchen verwandelte, dann Marylines Tränen, Geheimnis der Geheimnisse, ein Loch in der Persönlichkeit ihrer Mutter.

»Was geschieht da unten?«, fragte Maryline und trocknete sich das Gesicht.

»Der Bulle hat uns nacheinander verhört. Er hat mich gefragt, wann ich gestern Abend nach Hause gekommen sei und ob ich etwas bemerkt hätte. Dann hat er gefragt, ob ich wegen des Songs Georgia heißen würde, und ich habe ja gesagt. Er hat mich auch gefragt, ob ich ein Mädchen mit einer Tätowierung am Arm kenne. Ich habe ihm gesagt, dass ich eine Menge kenne. Das ist alles. Er wirkt gar nicht so böse. Gutaussehender Typ jedenfalls«, fügte sie lächelnd hinzu, vermutlich, um die Atmosphäre zu entspannen.

»Hat er mit deinem Vater gesprochen?«

»Ja. Er wartet unten auf dich, Mama«, sagte Georgia und half ihr aufzustehen.

Maryline blieb ein paar Sekunden vor dem Spiegel stehen und ließ dann Annick das Zimmer zusammen mit Miss Merriman fertig sauber machen. Georgia verließ sie im ersten Stock und verschwand in ihren Saustall.

Die Eingangstür stand offen, und Maryline trat auf die Außentreppe hinaus. Simon Schwartz blickte auf seine Füße, während er über den Kies der Allee ging. Durch das Fenster des Studios war das gedämpfte Miauen von Williams Kater Gibson zu hören. Maryline beobachtete Simon Schwartz einen Augenblick, ohne dass er sie bemerkte. Er hatte das etwas vernachlässigte Aussehen eines Menschen, der von niemandem fürsorglich angeschaut wird. Sie bemerkte die zerknitterte Lässigkeit seines hellblauen Hemds, seine verwaschene Leinenhose und den Kugelschreiber, der an der Tasche einer Jacke festgehakt war, die schon ein paar Sommer auf dem Buckel hatte. Er hatte immer noch etwas zu langes, dickes blondes Haar, das an Farbpinsel erinnerte und das er hinters Ohr strich, vorspringende Wangenknochen, eine riesige Nase mit Nasenlöchern eines Genießers, die sich mit Luft vollsaugten. Während er sie in der Küche vernommen hatte, hatte sie bemerkt, dass seine ein wenig müden blauen Augen nichts von ihrer unterdrückten Sentimentalität verloren hatten. Doch Simon war auch ein starker Mann, so wie Männer früher hatten sein müssen, dachte sie. Sie erinnerte sich, dass er auf dem Pausenhof des Gymnasiums alle verächtlich angeschaut hatte mit einem Blick, der zu sagen schien: »Ihr seid doch alle noch Kinder.« Brutal und sanft, schön wie ein Gott, und sie hatte ihn nicht gewollt. Maryline seufzte leise. Was hatten sie sich jetzt noch zu sagen? Während sie für die Fotografen gelächelt hatte und durch New

York gelaufen war, hatte er Tote umgedreht und ihre Taschen durchsucht. Der Abstand, der sie trennte, kam ihr schwindelerregend vor. Dabei war ihr Simons Körper vertraut, und sie erinnerte sich sehr genau an all seine Gerüche, an seine weiße, milchig schimmernde Haut, die sie so geliebt hatte.

Simon drehte den Kopf zum Haus, bemerkte Maryline und kam zu ihr. Als er vor ihr stand, fragte er sie, während er die Wipfel der jahrhundertealten Kiefern fixierte, wann William gestern nach Hause gekommen sei. Sie dachte bei sich, dass die französischen und amerikanischen Bullen die gleiche Technik benutzten, um die Leute zu vernehmen, den Blick ganz woanders, als würden sie sich nicht für die Antworten interessieren, die man ihnen gab. Sie nahm es ihm übel, dass er sie genau wie alle anderen behandelte. Da sie nicht wusste, was William ihm erzählt hatte, entschied sie sich für die Wahrheit.

»Um zehn nach drei. Was hat er dir gesagt?«

»Er erinnert sich an kaum was«, erwiderte Simon.

Als wäre Maryline ihm gleichgültig, betrachtete Simon eingehend die mittelalterliche Architektur der Villa Ker Annette, das bunte Mosaik unter dem spitzen Dach, den rot angestrichenen Heiligen in seiner Nische an der Ecke der bizarren Fassade, passend zum Holz der Balkons und vorbildlich wie ein Lar.

»Verdächtigst du uns, Simon?«, fragte sie und suchte ihren Blick.

»Dieses Mädchen ist unter euren Fenstern gestorben.«

Erneut herrschte Schweigen zwischen Simon und Maryline, unterbrochen von Gitarrenriffs und fernem Kindergeschrei.

»Ich habe seine Platten gehört. Ich habe sie gehört und ihn bewundert.« Er lächelte traurig. »Als ich zurückkam, sagte man mir, er sei in die Gegend gezogen, aber ich wusste nicht, dass er mit dir zusammen war. Ich dachte, du wärst immer noch in New York. Was macht er in diesem Nest?«

»Als mein Vater starb, habe ich ihm vorgeschlagen, hierherzuziehen, und er war einverstanden.«

»Ich hätte dich lieber unter anderen Umständen wiedergesehen«, sagte Simon nach einer Pause.

Sie hätte »ich dich auch« sagen müssen, die obligate Replik, die sie sich versagte. Sie hatte den Bullen Simon noch nicht verdaut.

»Du hast geweint«, sagte er.

Das war keine Frage. Er holte eine Visitenkarte aus seiner Brieftasche und reichte sie ihr. »Ich glaube, du wirst erwartet«, sagte er mit einem Blick aufs Haus hinter ihr.

Die Verchuerens standen im Salon, das Gepäck neben sich, mit Trauermiene. Sie bezahlten ihre drei Nächte, ohne Schwierigkeiten zu machen. Maryline begleitete sie zur Tür. Er schleppte seine Koffer zum Wagen, während seine Frau ihm folgte und prüfend zum Himmel emporblickte. Maryline bemerkte auf dem Gesicht des Belgiers diese Gereiztheit des modernen Mannes, der nicht zum Mann erzogen worden ist, der aber immer noch die Koffer tragen muss. Sie dachte bei sich, dass diese Schnösel den Ring sicher wiedergefunden hatten, es aber ihre Möglichkeiten überstieg, sich zu entschuldigen.

Maryline klopfte an die Tür von Williams Studio und trat ein, ohne zu warten. Er saß auf seinem Drehstuhl, den Kopf über die Gitarre gebeugt, in stiller Zwiesprache mit sich selbst. Sie stellte eine Thermosflasche mit Kaffee auf den Schreibtisch und ein Stück Obstkuchen.

»Oh, what's that?«, fragte er munter und betrachtete den Kuchen.

»Das ist ein Stück cake, William. Setz deine Brille auf, und du wirst entdecken, wie interessant die Welt sein kann.«

»Brillant!«, sagte er voller Begeisterung und überhörte ihre Spitze.

Auf einem Regalbrett bemerkte sie ein Foto von sich, das vor ein paar Tagen noch nicht dort gestanden hatte. Sie ging näher heran und betrachtete es lange. Sie erinnerte sich an dieses Shooting für die *Vogue* 1991, an dieses wunderschöne, über und über mit weißen Perlen bestickte schwarze Kleid, das schwerer als eine kugelsichere Weste gewesen war.

Maryline Halloway hatte zu diesen Models der neunziger Jahre gehört, die nicht nur Haute-Couture-Kleider wie Stars getragen, sondern auch einen Namen und einen Vornamen gehabt hatten. Kurz nach ihrer Ankunft in New York hatte ein Modefotograf sie in einem Café angesprochen. Sie hatte von heute auf morgen ihren Job als Au-pair-Mädchen aufgegeben, und alles war sehr schnell gegangen. Maryline war nicht schön, doch sie war geheimnisvoll, was aufs Gleiche hinauslief. Die Magazine liebten sofort ihre besondere Melancholie, diese leichte Abwesenheit, die ihr auf dem Laufsteg fast etwas Geisterhaftes verlieh, eine Leichtigkeit, sodass man sie am liebsten am Knöchel gepackt hätte, um zu verhindern, dass sie fortflog. Von einer Mantilla aus blonden Haaren umgeben, war ihr Gesicht damals wie eine Skizze gewesen, der Maler noch keinen Schönheitsfehler oder Charakter mitgegeben hatten.

Sich den Trash-Launen der damaligen Fotografen beugend, gaben die Moderedakteurinnen sich alle Mühe, sie nicht anders zu behandeln als alle anderen. Und so wurde Maryline auf dem Packeis fotografiert, zwanzig Meter über dem Boden auf einem Trapez balancierend, mit Rottweilern, Bären und Delphinen. Mit Roma auch und Catchern, als Japanerin verkleidet oder gekrümmt zwischen zwei Regalbrettern. Egal ob mit oder ohne Accessoires, ob mittags oder um zwei Uhr morgens, Maryline schaute mit diesem ganz besonderen Blick etwa einen oder zwei Millimeter unter das Objektiv, ein Blick, der sagte: »Ich bin ganz woanders, und dort, wo ich bin, ist es viel besser.« Anschließend wurde sie die Muse junger niederländischer Protestanten, die ihre Abwesenheit verehrten. Die Nonnengewänder und die schlichte Kleidung, die ihrer strengen Vorstellungskraft entsprungen waren, passten perfekt zu ihrem Geheimnis. Doch das war die Zeit, als William immer mehr durchdrehte, und nach ihrer Abreise nach Frankreich stand das Abenteuer kurz vor dem Aus.

William legte seine Gitarre hin und sah schweigend seine Frau an. Maryline schob einen Plattenstapel beiseite und setzte sich ihm gegenüber auf ein kaputtes Sofa.

»Sind die Belgier abgereist?«, fragte er mit einer verächtlichen Grimasse. »Ich mag diese Leute nicht, sie haben hier nichts zu suchen. Ich mag es nicht, dass man uns wie Freaks oder Ladenbesitzer betrachtet. We don't need money, you know that.«

»Kann ich mit dir reden?«, fragte sie. Die Belgier waren ihr schnurzegal.

»Yes, honey! Of course!«

»Was hast du den Bullen gesagt?«

»Die Wahrheit.«

»Hast du ihnen von Flag und Herr erzählt?«

»Ja.«

»Und von dem Mädchen?«

»Nicht wirklich.«

»William!«, rief Maryline. »Warum? Ich bin sicher, dass die ganze Stadt euch gestern gesehen hat.«

William litt Qualen, sobald er präzise oder ernst sein musste. Er litt wirklich, weil die Realität nicht sein Tummelplatz war. Wenn sie sich ihm aufdrängte, verkrampfte er sich und reagierte ausweichend.

»Dieses Mädchen vom Strand war gestern Abend mit euch zusammen, gib es zu. Versuch dich zu erinnern. Streng dich an. Bist du mit Herr nach Hause gefahren? War Flag auch im Wagen mit dem Mädchen?«

»Ich weiß es nicht, Maryline, wirklich.«

»Und du hast nicht die Absicht, deinen Wagen bei Herr abzuholen?«

»Später. Im Augenblick brauche ich ihn nicht.«

»Wer ist dieser Typ überhaupt?«

»Oh! Mister Mann? Ein lustiger Typ.« William brach in Gelächter aus. »Weißt du, er hatte noch nie etwas von den Stones gehört, als ich ihn kennengelernt habe. Unbelievable! Und er glaubt, Zappa sei eine Feuerzeugmarke! Did you make the cake?«, fragte er und nahm das Stück Kuchen vom Teller.

Er aß es schweigend und mit großem Respekt vor seinen falschen Zähnen und holte dann ein zerdrücktes Päckchen Zigaretten aus seiner Röhrenhose. *Been smoking too long*. Erkältete Folk-Singer-Stimme. Er schloss die Augen, eingehüllt in seine Erinnerung.

Maryline hatte genug und bohrte weiter, fest entschlossen, sich nicht von William einräuchern zu lassen, wie es seine Gewohnheit war.

»Dieser Herr, was findest du eigentlich an ihm?«

William öffnete die Augen und dachte nach, während er die Saiten seiner Gibson zupfte.

»Ich sagte es doch, er bringt mich zum Lachen. Er rührt mich auch. Ich mag diesen Mann, das ist alles. Er vertraut mir, und bei einem Typ wie ihm ist das nicht wenig. Verstehst du?«

»Nein. Warum hast du ihn mir nie vorgestellt?«

»Hör zu, Maryline. Du siehst Gespenster. Ich habe ihn nicht von dir ferngehalten, falls du das denkst, das ist das Leben, es ist eben so. Du hast geweint.«

»Ja.«

»Fragst du dich nie, warum man nie Turteltauben am Strand sieht? Es gibt sie überall im Ort, aber zum Meer halten sie einen gehörigen Abstand. Sie sind nicht dafür geschaffen, sich ihm zu nähern.«

»Warum kommst du mir plötzlich mit Turteltauben?«, fragte Maryline überrascht.

»Herr und du, ihr seid wie das Meer und die Turteltauben. Es liegt in der Natur der Sache, dass ihr euch nicht kennt.« Auf Marylines Gesicht erschien ein geheimnisvolles Lächeln, das William beunruhigte. »Tut mir leid. Ich schwöre dir, ich habe nichts Schlimmes getan.«

»Wo ist Flag?«

»Keine Ahnung. Er geht nicht ans Telefon.«

Maryline stand auf. William sah schrecklich aus. Sie machte sich Sorgen, versuchte aber die Situation zu entdramatisieren.

»Bist du mit den Beach Boys weitergekommen?«, fragte sie und öffnete die Tür.

Williams Gesicht hellte sich plötzlich auf.

»Nein. Das macht mir ganz schön Kummer. Aber es gibt immerhin *Pet Sounds*.«

Maryline hatte Mühe zu begreifen, was William an Typen in gestreiften Hemden und mit helmartigen Plastikfrisuren fand, die im Halbkreis stehend, ein Knie leicht gebeugt, a capella lahme Melodien sangen.

Seit ihrer Rückkehr aus den Vereinigten Staaten tat William so, als interessiere er sich für die neuen musikalischen Richtungen, für das »schlappe Zeugs aus Georgias Kopfhörern«, wie er Maryline hinter vorgehaltener Hand sagte, doch im Grunde langweilte ihn das alles fürchterlich. Französischer Rock, mit dem Flag ihn bekannt gemacht hatte, versetzte ihn dagegen in gute Laune, ja Heiterkeit. Ansonsten zog er es vor, in seiner Sammlung alter LPs nach unterschwelligen Botschaften zu suchen, die ihm damals entgangen waren. Er kannte Tausende Titel auswendig, mit denen er seine Umgebung unterhielt, immer passend zur Situation. An guten Tagen hatte Maryline das Gefühl, in einem Musical zu leben. Wenn sie deprimiert war, fand sie das eher kindisch, ja nervig. Sie hatte ihn nie gefragt, warum er keinen seiner eigenen Songs sang – vermutlich, weil sie seine Antwort fürchtete. Es war, als gäbe es die Songs gar nicht.

Als sie an der Außentreppe von Ker Annette war, bohrte sich *Gimme Shelter*, von William aus voller Kehle gesungen, in ihr Ohr wie ein Schrei in der Nacht.

Rape! Murder!
It's just a shot away
It's just a shot away

William brüllte, und es war herzzerreißend. Maryline stürzte ins Haus, um sich den Rest zu ersparen und nicht zu heulen.

3

Nachdem sie Williams Gebrüll ausgesperrt hatte, bat Maryline Annick, das Mittagessen für Georgia zu machen, und ging dann ins Badezimmer hinauf, um die Schlüssel des Austin aus Williams Jacke zu nehmen. Sie fand ihre Tochter unter der Dusche, wo sie sich fröhlich einseifte. Sie rannte aus dem Haus, schwang sich aufs Fahrrad und fuhr in den Ort. Sie hatte einen leichten Vorsprung vor Simon, der Flag und Herr noch nicht vernommen hatte. Sie hatte keine Ahnung, was dieser Vorsprung ihr bringen würde, doch sie konnte nicht einfach nichts tun und wollte auf jeden Fall Bescheid wissen. Sie fand Williams Wagen mit offenem Verdeck, ein Kinderspielzeug, leichte Beute für jeden Dieb, schief geparkt vor der Villa des Antiquitätenhändlers. Sie durchsuchte ihn gründlich, fand aber nur eine fast leere Flasche Chivas und einen braunen Pullover, ein Lumpen, den Flag überall mit hinnahm. Sie klappte das Verdeck hoch und setzte sich ans Steuer. Sie musste nachdenken. In ihrem Kopf drehte sich alles in rasender Geschwindigkeit, seit sie um sieben Uhr morgens das Mädchen mit der Tätowierung entdeckt hatte. Am liebsten hätte sie die Zeit zurückgedreht, bis zum Tag zuvor. Aber ohne Simon Schwartz, dachte sie. Maryline versuchte, die Situation so ruhig wie möglich zu betrachten. Sie goss den letzten Rest Whisky in den Verschluss der Flasche, trank ihn in einem Zug und schnalzte mit der Zunge. Warum hatte sich dieses ertrunkene Mädchen am Strand befunden? Warum war ihre Handtasche nicht gefunden worden? Das Mädchen musste ebenso betrunken wie die drei anderen gewesen sein. Im besten Fall hatte sie ins Wasser gehen wollen, um bei diesen drei Trotteln Eindruck zu schinden, die unfähig gewesen waren, sie vor dem Ertrinken zu retten. Dann wäre also niemand schuld, ein Unfall, das Leben. Sie spielte mehrere Szenarien durch, in denen jeder Protagonist der Reihe nach die Oberhand gewann. Doch kein Szenario beruhigte sie wirklich.

Sie machte sich Sorgen um William, der niemandem etwas zuleide tun konnte außer sich selbst. Dieser Mann, dessen gute Laune ansteckend war, der allen Lektionen in Leichtigkeit erteilen und mit eisernem Willen fröhlich in den Tag hineinleben konnte, hatte manchmal Momente tiefer Verzweiflung, die durch eine einfache Unruhe ausgelöst werden konnten. Dann verdüsterte sich sein Blick plötzlich, er verstummte, schickte alle weg und schloss sich mit einem Vorrat an Whisky in seinem Studio ein. Zwei oder drei Tage lang zitterten die Wände, als wollte seine voll aufgedrehte E-Gitarre sie sprengen, und man musste warten, bis er seine Gespenster besiegt hatte. Er hatte in seiner Verzweiflung Routine, sie hatte eine Sprache und Riten, die Maryline und Georgia zu verstehen und zu respektieren gelernt hatten. Wenn also aus dem Studio die letzten Worte des traurigsten Songs der Welt zu ihnen drangen, wenn sie Williams brüchige Stimme hinter der Wand *Every junkie's like a setting sun* flüstern hörten, wussten sie, dass sie ihn einsammeln konnten, ein rauchendes und erschöpftes Wrack, aufgedunsen von Musik und Alkohol, um ihn wieder aufzurichten.

Zum Glück waren die Anfälle seltener geworden, und William beschränkte sich in der Regel darauf, mit dem Feuer zu spielen, in Marylins Ohr mit einer sanften Stimme, die ihr das Herz brach, *Now I wanna sniff some glue* zu trällern, das er früher mit den Ramones gebrüllt hatte. Sie schüttelte den Kopf, es war ein *private joke* zwischen ihnen, und man ging zu anderen Dingen über.

Dieser großzügige und elegante Mann, Sohn eines alten Geschlechts von Bostonern, deren Sitten noch englisch waren, liebte mit Humor, litt mit Humor und würde eines Tages sicher auch mit Humor sterben, daran gab es für Maryline keinen Zweifel, die ihn trotz seiner Schwächen und mit seinen Schwächen liebte. Trotzdem war sie auf der Hut, denn William war ein Überlebender, einer, der die Drogensucht überwunden hatte, ein zerbrechlicher Mann, der die Gefahr nicht kommen sah, zwielichtige Produzenten, oder Saufkumpane, die seine Schwächen ausnutzten. Und eine Leiche in ihrer Bucht war an sich schon ein verdammtes Ärgernis.

Sie blickte zu Herrs Haus. Über dieses blitzende Passagierschiff waren jede Menge Geschichten im Umlauf. Es war ein richtiges Fort, das seine Bewohner stets verschlungen, sie dem Blick der Passanten entzogen hatte. Maryline hatte ihre Eltern über den zwielichtigen Ruf der Villa Esteraza erzählen hören, die die Deutschen während des Krieges mit Zustimmung der Eigentümer besetzt hatten. Das Virus der Neugierde hatte sich auf Maryline übertragen. Marylines Vater, der Arzt des Ortes, war nie in dieses Haus gerufen worden, das, soweit man sich erinnerte, seit seiner Errichtung nie den Besitzer gewechselt hatte.

Die Geschichte mit dem Meer und den Turteltauben fiel ihr

wieder ein. Hatte William sie warnen wollen? Dass sie sich von Herr fernhalten sollte? Sie bedauerte, dass sie ihn diese Tiermetapher nicht zu Ende hatte spinnen lassen.

Sie schlug die Wagentür zu und öffnete das schwere Gittertor des Anwesens. Sie ging die Allee entlang, durch einen Garten, der ebenso kahl war wie der Rücken eines alten Hundes, streifte fast ein schönes Eichhörnchen, stieg die Stufen der Außentreppe hinauf und klingelte. Sie hörte Schritte hallen wie in einer Bahnhofshalle und sah an sich herunter, um ihr Aussehen zu kontrollieren. Maryline war sich ihrer Erscheinung fast immer sicher. Ihr früherer Beruf hatte sie gelehrt, dass es genügte, sich wie eine attraktive Frau zu benehmen, um es auch zu sein. Der Mensch ist faul, dachte sie, und nimmt ohne nachzudenken, was man ihm gibt. Die Tür öffnete sich, und vor ihr stand ein kleiner Mann, der sie lächelnd ansah.

»Ja?«, fragte er freundlich.

Maryline stellte sich vor, und er trat beiseite, um sie in einen Salon eintreten zu lassen, der tatsächlich die Größe einer Bahnhofshalle hatte. Beeindruckt ließ sie sich von dem Mann zu einem Sofa führen, wo er auf die rechte Seite deutete, als wäre es ihm besonders wichtig, wo sie saß.

»Einen Kaffee?«, fragte er.

Maryline nickte, und Herr verschwand in einer Seitentür. Allein geblieben in dem verrückten Raum, schaute sie sich verblüfft im Inneren dieses Hauses um, das ihren Vater so zum Träumen gebracht hatte. Der Raum war vollständig im kalten und unbequemen Stil der dreißiger Jahre möbliert, den sie hasste. In der Mitte des Salons nahm die Skulptur eines Jünglings mit Nazikopf und flachem Oberkörper Anlauf. Verloren unter einer sechs Meter hohen Decke, erinnerten ein paar schwere, im Boden verankerte Sessel aus maulwurfsgrauem Hirschleder an die steifen Ausstattungen von Vorkriegsfilmen. Teppiche mit geometrischen Motiven wirkten, als wären sie nie betreten worden, und der Nippes war eine Zumutung für die Augen. Die Wände waren mit einer Art elfenbeinfarbenem Damast bespannt, den die fächerförmigen alabasternen Applikationen kaum freundlicher machten. Der Strauß aus abstrakten Blumen, der auf einer Konsole stand, schien zur gleichen Zeit wie die Vase entworfen worden zu sein. Selbst das Julilicht hinter der Fensterfront vermittelte einen Eindruck polarer Kälte. Maryline erschauderte. Wie konnte man nur an einem solchen Ort leben?, fragte sie sich beklommen. Ihr Blick fiel auf ein Bild, das an der gegenüberliegenden Wand hing. In einem Silberrahmen posierte eine schöne dunkelhaarige Frau sitzend in einem glänzenden schwarzen Kleid, einen Hut mit weißer Feder auf dem Kopf. Sie musterte den Betrachter mit dem gleichgültigen Blick einer auf einer Ottomane sitzen gelassenen Großbürgerin, überdrüssig geboren und vermutlich überdrüssig gestorben in einer ihrer selbst überdrüssigen Welt.

Herr kam aus der Küche zurück und stellte ein Tablett mit einem vollständigen Kaffeeservice auf den niedrigen Tisch. Er drehte den Kopf zu dem Bild.

»Ich habe es gerade zurückbekommen«, sagte er. »Es ist ein Porträt meiner Großmutter. Man leiht es sich oft für Ausstellungen aus. Sie war ein richtiges Biest.«

Herr schenkte Kaffee in achteckige, mit blauen und schwarzen Rosen bemalte Tassen ein und reichte Maryline eine.

»Als ich Kind war, war ich von Ihrem Haus fasziniert. Ich träumte davon hineinzugehen«, sagte sie.

»Mein Großvater hat es erbaut«, sagte der Mann und blickte

sich zufrieden um. »Ich sollte eher sagen meine Großmutter. In meiner Familie entscheiden die Frauen, und die Männer zahlen.« Wenn er sprach, knatterte es wie eine Fahne im Sturm.

Herr strahlte eine Selbstsicherheit aus, die Maryline gegen die Rückenlehne des Sofas drückte. Seine Sätze waren endgültige Gedanken, die jeden Kommentar erübrigten.

»Sie wohnen in Ker Annette, nicht wahr? Dieses mittelalterliche Herrenhaus am Ausgang der Stadt?«, fuhr er fort. »Das erste an der wilden Küste?«

»Ja«, sagte sie und hielt die wertvolle Tasse mit beiden Händen.

Herr kniff die Augen zusammen.

»Erbaut von Dommée 1906 oder 1907, wenn ich mich nicht irre. Ein wunderschönes Fries von Brachvögeln aus Fayence, ein heiliger Cosmas aus Holz. Wussten Sie, dass sein erster Besitzer ein Vermögen mit Sirup gemacht hatte?«

»Nein, das wusste ich nicht«, sagte Maryline.

»Sie sollten es wissen, es ist wichtig.« Er machte ein besorgtes Gesicht. »Wissen Sie, hier sind wir, was unsere Häuser sind, sie sind unser Siegel, unser Personalausweis. Sie haben alle einen Namen, den man schützen muss.« Er machte eine Pause. »Gibt es einen besonderen Grund, warum Sie mich sprechen wollten?«, fragte er und blickte ihr in die Augen.

»Heute Morgen wurde die Leiche einer Frau in der Bucht unterhalb meiner Villa gefunden. Ich glaube, dass diese Frau den gestrigen Abend mit Ihnen verbracht hat. William ist nicht imstande, mir zu sagen, was passiert ist, und er hat es nicht für angebracht gehalten, es der Polizei gegenüber zu erwähnen. Er sagt, er erinnere sich an nichts.«

Herrs Miene wurde undurchdringlich. Er seufzte tief, öffnete ein goldenes Etui, aus dem er eine filterlose Zigarette nahm, zündete sie an und nahm ein paar Züge, während er durch die Glasfront nach draußen schaute.

»Ich mag Ihren Mann sehr«, sagte er. »Er ist ein sehr lustiger und sehr eleganter Mann. Auch wenn es nicht so aussieht, wir sind auf der gleichen Wellenlänge, er und ich. Wir haben uns immer eine Menge zu sagen.«

Herr ließ ein eigenartiges Lachen hören, das eine Reihe kleiner schwärzlicher Zähne entblößte. Er brachte Maryline in eine verzwickte Lage. Der Gesamteindruck widerte sie an, doch die Details rührten sie seltsamerweise. Ob er sprach oder schwieg, er zog ständig eine Leidensmiene, trotz der Autorität seiner Stimme. Ein solches Gesicht kann man nicht erfinden, dachte sie. Seine Hässlichkeit war dermaßen interessant, dass sie den Blick nicht von ihm abwenden konnte. Alle seine Züge strebten dem Mund zu, seinen geschwungenen schmalen Lippen, die sich in einer lächelnden Grimasse auseinanderzogen. Seine kleinen, glänzend schwarzen Augen schienen sie bis ins Mark zu durchbohren. Tiefe schwarze Schatten unter den Augen und eingefallene Wangen, als würde er hineinbeißen, verliehen ihm ein fiebriges Aussehen. Ein Hemdkragen, der seinen Hals sehr weit oben einschnürte, verstärkte noch seine steife Erscheinung. Man hätte glauben können, er versuche, sich mit voller Absicht zu ersticken. Seine perfekte Diktion und sein eindringlicher Blick, der einem das Gefühl vermittelte, man sei wichtig, nahmen einen gefangen, dachte Maryline. Herr hatte sie auf seine Seite gezogen, und sie war aus dem Konzept geraten.

»Oh!«, rief sie, als eine aschgraue Katze auf ihren Schoß sprang, wo sie sofort einschlief.

Herr beugte liebenswürdig den Kopf.

»Darf ich Ihnen Des Esseintes vorstellen?«

Schweigend betrachtete er Maryline. Sie hatte das Gefühl, dass er sie schön fand.

»William hat mir gesagt, dass Ihnen das Antiquitätengeschäft beim Casino gehört.«

»Ja«, erwiderte er ungezwungen und gleichgültig. »Ich weiß nicht, warum ich den Laden behalte, ich hasse es, den Kaufmann zu spielen. Wenn ich diese Horden ankommen sehe, habe ich nur einen Wunsch: fliehen!«

»Das verstehe ich«, sagte Maryline lachend. »Manchmal habe ich das Gefühl, dass wir einen riesigen Hort unter freiem Himmel leiten, randvoll mit hyperaktiven Kindern, die ständig Blödsinn machen und die man um jeden Preis beschäftigen muss. Sie brauchen jedes Jahr neue Freizeitaktivitäten und Feste. Wenn der Sommer vorbei ist, packen wir das Spielzeug wieder ein und atmen tief durch.«

Die Atmosphäre in der Bahnhofshalle erwärmte sich, und sie tauschten ein echtes Lächeln aus. Maryline streichelte mechanisch die Katze.

»Was ist gestern Abend passiert, Monsieur Herr?«, fragte sie nach einer Pause.

»Gestern Abend sind wir ins Casino gegangen«, sagte er und betrachtete ernst seine Hände. »Wir sind etwas mehr als eine Stunde geblieben. Flag hatte einen seiner Anfälle.« Herr sah Maryline vielsagend an. Sie begriff, dass er auf die hypochondrischen Angstzustände anspielte, die den bedauernswerten Flag halb verrückt machten. »William und er konnten nicht mehr fahren, und ich war einverstanden, sie ins *Joker* zu begleiten, wo sie munter weiterbecherten. Wir hatten eine etwas konfuse, aber sehr interessante Unterhaltung. Wir haben über Kunst geredet, das tun wir oft. Ich erwähnte diese Idee von Magritte, dass die Gegenstände nicht wirklich fest mit ihren Namen verbunden sind, und wir haben über die Gegenstände gesprochen, mit denen wir uns umgeben. William sagte: ›Unsere Gegenstände lieben uns. Lassen wir uns nicht von ihrer Leblosigkeit täuschen. Es ist ihre Absicht, uns vor der Zukunft zu schützen.‹ Ja, genau das hat er gesagt. Phantastisch, nicht? Und dann habe ich beide bis zu ihrer Haustür gebracht, gegen drei Uhr morgens.«

»Mich interessiert das Mädchen«, sagte Maryline.

»Tja, da liegen Sie falsch«, unterbrach er sie frostig. Ihr schwante, dass dieser Mann, wenn er wütend war, wirklich beängstigend sein musste. »Dieses Mädchen hat im *Joker* angefangen, uns ganz schön zu nerven. Sie ist wegen Flag ins Auto gestiegen. Ich denke, sie hatte ein Auge auf ihn geworfen. Das arme Mädchen war sprunghaft und sehr aufdringlich. Wir wollten alle nur noch ins Bett, und ich habe sie als Erste abgesetzt.«

»Wo haben Sie sie abgesetzt?«

»An der wilden Küste«, erwiderte er gleichgültig.

»Aber …«

»Madame Halloway, mehr kann ich Ihnen über diese traurige Geschichte nicht sagen. Ich kenne nicht mal den Namen des Mädchens, ich habe sie kaum angeguckt. Ich würde sie nicht wiedererkennen. Alles, was ich Ihnen sagen kann, ist, dass sie laut sprach und unerträglich war.«

»Na schön«, sagte Maryline und setzte die Katze neben sich ab.

Sie glaubte Herr nicht. Dabei hätte sie nur zu gern eine Version gehört, die alle drei entlastete. Würde Simon sich damit zufriedengeben? Sie sah, dass Herr mit seiner linken Hand die rechte streichelte, und dachte bei sich, dass dieser Typ die personifizierte Lüge war. An seinem verschlossenen Gesicht erkannte sie, dass das Gespräch beendet war.

Sie stand auf und reichte ihrem Gastgeber förmlich die Hand. Er begleitete sie wortlos zur Tür. Sie spürte seinen Blick auf ihrem Nacken, nicht auf ihrem Hintern, wie sie es gewohnt war. Maryline durchquerte den Garten in umgekehrter Richtung und machte sich die schlimmsten Vorhaltungen. Sie hatte auf ganzer Linie versagt und war im Begriff, ihre wenigen kostbaren Stunden Vorsprung vor den Bullen zu verlieren. Sie stieg in den Wagen, klemmte ihr Fahrrad auf dem Rücksitz fest, und fuhr zu Flag, der sie nicht an der Nase herumführen würde. Diese Niete war dazu nicht aufgeweckt genug, und die Zeit drängte, sie musste zurück sein, bevor die beiden japanischen Touristen ankamen, die eine Woche in Ker Annette gebucht hatten. Unterwegs ließ sie ihren Besuch bei Herr Revue passieren, ärgerte sich über die Leerstellen, die sie nicht gefüllt hatte, und verfluchte sich für ihren Mangel an Geistesgegenwart, ihre Langsamkeit. Immer ging alles zu schnell für sie. Sie hatte gelernt, ihren Charme einzusetzen, um Zeit zu gewinnen, doch bei diesem kleinen Antiquitätenhändler hatte er nicht gewirkt, wie sie sich eingestehen musste. Dieser Mann schien von anderen Phantasien verzehrt zu werden, dachte sie mutlos, während sie am Strand entlangfuhr.

Mit einer Vollbremsung hielt sie vor Flags Behausung, nahm seinen zerlumpten Pullover und stieg die schmale Treppe zu der Wohnung hinauf, die er theoretisch bewohnte. Flag verbrachte einen Großteil seiner Zeit in Williams Studio und übernachtete dort jeden zweiten Abend, wie ein Hund in seiner Hundehütte. Sie klingelte vergeblich, dann öffnete sie die unverschlossene Tür. Die Wohnung lag im Dunkeln. Sie rief Flags Namen und fand ihn schließlich auf der Matratze, die ihm als Bett diente. Sie rüttelte ihn an der Schulter und öffnete die Fensterläden. Das Licht flutete ins Zimmer und erhellte ein Riesenposter von William, das mit Reißzwecken an der Wand befestigt war. Maryline blickte zum Himmel empor. Flag brauchte eine Weile, um zu begreifen, dass Maryline da war und ihn unfreundlich betrachtete. Sie war nie sehr freundlich zu ihm, aber normalerweise machte sie sich nicht die Mühe, zu ihm nach Hause zu kommen, um ihn daran zu erinnern.

»Was machst du denn hier?«, fragte er und richtete sich auf.

Sie erklärte ihm die Situation, von der Entdeckung der Leiche bis zum Eintreffen der Polizei. Flag fuhr sich mit der Hand zweifelnd durchs Haar, kratzte sich im Nacken, hustete und räusperte sich. Maryline wandte den Kopf ab. Der Anblick des aufwachenden Flag war nur schwer zu ertragen.

»Komm mir nicht damit, dass du dich an nichts erinnerst. Wer ist dieses Mädchen? Warum war sie mit euch zusammen?«

Er machte eine Handbewegung, als wolle er sagen: »Ganz ruhig«, und dachte lange nach. Während er sich den Abend wieder vergegenwärtigte, wurde seine Miene undurchdringlich wie diejenige von Herr ein paar Minuten zuvor.

»Was ist passiert? Sag mir die Wahrheit. Du weißt, dass William sich nicht leisten kann, Blödsinn zu machen. Der geringste Fehltritt, und alle stürzen sich auf ihn. Die Bullen, die Journalisten, alle. Und ich habe dir vertraut!«, rief sie und schlug sich mit der flachen Hand gegen die Stirn.

Flag sah zu, wie sie sich aufregte und umherlief, gekleidet in Samt und Seide und von parfümierten Schwaden umgeben. Er hatte seine Daunendecke bis zum Hals hochgezogen und versuchte sich so gegen das hysterische Idol seines Idols zu schützen. Sobald sie ihren Blick auf ihn richtete, drehte er den Kopf weg. Er schaute den Leuten grundsätzlich nicht ins Gesicht. Als Georgia ihn darauf angesprochen hatte, hatte er ihr erklärt, die Gesichter seien eine Barriere für unsere Wünsche. »Wende dich von den Gesichtern ab, wenn du frei sein willst«, hatte er hinzugefügt.

»Schön, und jetzt rede bitte.«

Maryline versuchte sich zu beruhigen. Sie kannte diesen verrückten Typen und wusste, dass er bei zu viel Stress ausrastete. Er wurde dann unkontrollierbar und landete, von eindrucksvollen Krämpfen gekrümmt, in der Notaufnahme.

»Sie hing im *Joker* rum. Sie hat uns gebeten, sie nach Hause zu bringen. Ein süßer Fratz, verdammt, ein süßer Fratz! Dass sie tot ist, nicht zu fassen. Ich kann da keinen Zusammenhang sehen, verstehst du.«

»Stopp, Flag. Ich will nur die Tatsachen. Was habt ihr danach gemacht?«

»Sie wollte zum Strand, aber wir hatten keine Lust, wir waren fix und fertig. Sie ließ einfach nicht locker. Herr hat sich mächtig aufgeregt und sie an der wilden Küste rausgeschmissen.«

»Wohnte sie da?«

»Nein«, erwiderte Flag halbherzig mit ausweichendem Blick.

»Er hat sie nicht nach Hause gebracht? Er hat sie an der Küste rausgeschmissen? Ganz allein? Mitten in der Nacht?«

»Ja. So ist Herr eben. Und wir waren wirklich außer Gefecht.«

»Ist dir eigentlich klar, wie verantwortungslos das war? Die wilde Küste ist gefährlich mitten in der Nacht. Ist euch nicht der Gedanke gekommen, dass sie von einer Klippe stürzen könnte?«

»Ist sie von einer Klippe gestürzt?«, fragte Flag mit einem dämlichen Gesichtsausdruck, der Maryline nur noch wütender machte.

»Nein, ist sie nicht«, rief sie, »aber sie ist trotzdem tot. Man lässt doch niemanden, der stockbesoffen ist, mitten in der Nacht an dieser Küste allein! Ist denn da nur Stroh drin?«, sagte sie und hämmerte gegen Flags Schläfe. »Hm, Flag?«

Sie tauschten einen bösen Blick aus. Flags Webfehler war nie ein Thema zwischen ihnen gewesen, das war wirklich ein Schlag unter die Gürtellinie. Flag senkte gekränkt den Blick.

»Entschuldige«, fuhr Maryline fort. »meine Nerven liegen blank, das musst du verstehen.«

Sie setzte sich aufs Fensterbrett, sie musste sich unbedingt Klarheit verschaffen.

»Schwörst du mir, dass ihr nicht mit ihr in die Bucht hinuntergestiegen seid?«

»Ja«, sagte Flag genervt. »Uns war saukalt, wir wollten nur ins Bett. Das war nicht sehr cool für das Mädchen, aber sie wurde wirklich verdammt lästig.«

»Was heißt das, lästig?«

»Soll ich es dir vormachen?«

Maryline ließ es dabei bewenden. Die Tote auf Williams Schoß, so genau wollte sie es dann doch nicht wissen.

»Hat man euch gesehen, wie ihr sie im Auto mitgenommen habt?«

»Keine Ahnung. Ich glaube nicht.«

»Sehr gut. Also, du wirst das alles den Bullen erzählen. Sie werden gleich da sein, um dich zu vernehmen, du solltest also besser langsam aufstehen.«

Maryline hatte das Gefühl, Licht am Ende des Tunnels zu sehen. Was Flag ihr erzählt hatte, war wohl die Wahrheit, denn es deckte sich in etwa mit Herrs Version. Sie fuhr mit der Hand über das Poster. William ganz in Leder, mit Ketten voller Glücksbringern um den Hals, brüllte in ein Mikro, das er mit beiden Händen hielt.

Flag stand auf. Blass und schwankend schien er durch einen Meter Wasser zu waten.

»Hammersmith Odeon, Oktober 93«, sagte Flag. »Sein Gitarrensolo über *New York Casbah* an dem Abend ist zu einem Klassiker geworden. Die *Rolling Stone* hat es erst letzten Monat in einem Artikel über die *guitar heroes* des Jahrhunderts erwähnt. Neben Jimmy Page, Hendrix und Van Halen, das will was heißen!«

»Ich war dabei«, sagte Maryline lächelnd. »Ich war schwanger mit Georgia.«

Maryline legte die flache Hand auf ihren Bauch. Sie schloss die Augen. Sie hatte diesen barbarischen Jubel bei den Konzerten geliebt, diesen Stromschlag, der ihren Magen durchzuckte und bis zum Herzen hochstieg. Flag sah sie bewundernd an und verschwand dann schweigend im Badezimmer.

Maryline stieg wieder in den Austin, ein wenig entspannter, aber ratlos. Würde man ihnen glauben? Diese Aussicht brachte sie zu Simon Schwartz zurück, und sie machte sich gleich wieder Sorgen. Wie sollte er einem solchen Trio vertrauen können? Was verband einen altmodischen Antiquitätenhändler, dessen Kopf mit einem Klappmesser geschnitzt worden war und dem die Lüge ins Gesicht geschrieben stand, einen in die Jahre gekommenen Rocker, verheiratet mit seiner Ex-Freundin, und ein ehemaliges Mathegenie, das phobisch geworden war?

Maryline hielt in weiser Voraussicht bei der Apotheke an. Rebecca Merriman würde von ihrem acht Kilometer langen Gebetsmarsch durch die Salzsümpfe, den die Gemeinde organisiert hatte, allerlei Wehwehchen mitbringen. Sie bezahlte die Heftpflaster, ging zum Ausgang und sah sich plötzlich Reine Personnic gegenüber. Zuerst lächelten sie schüchtern, dann brachen sie in Gelächter aus, wodurch sie die Blicke der Umstehenden auf sich zogen.

»Ich frage mich immer, durch welchen Zufall man manche Leute jahrelang nicht trifft!«, sagte Reine mit verblüffender Chuzpe und löschte damit Jahre gespielter Gleichgültigkeit aus, mit der sie sich in dem Ort ihrer Kindheit begegnet waren. Ihre laute Stimme hatte sich nicht verändert und ihre Energie ebenfalls nicht. »Seit wann bist du zurück?«

»Seit zehn Jahren!«

»Schon verrückt!« Reine Personnic begleitete ihre Sätze mit schön geschwungenen ausschweifenden Armbewegungen. »Sag mal, Georgia ist eine traumhafte Praktikantin, das kannst du mir glauben. Gut, also hör zu, jetzt habe ich keine Zeit«, fuhr sie fort, »aber versprochen, wir telefonieren. Sobald all das hier«, sie blickte auf die Horde von Touristen, die in der Apotheke Schlange stand, »vorbei ist.«

Maryline nickte lächelnd. Träumerisch sah sie Reine Personnic nach, während sie sich entfernte, und dachte, dass sie einen schicksalhaften Namen hatte und sicher eine wunderbare Freundin wäre. Durch Williams Berühmtheit paranoid geworden, hatte sie sich Freundschaften mit Frauen verboten, die regelmäßige Geständnisse verlangten, die sie nicht machen konnte. Es war ein bisschen traurig, denn sie sehnte sich häufig nach weiblicher Gesellschaft. Sie wusste, Annick und Gäste wie Miss Merriman, die nie lange blieben, würden eine Reine Personnic niemals ersetzen können. Die negativen Auswirkungen ihres Erfolgs waren ihr, wenn sie gelegentlich aus New York in die Bretagne zurückgekehrt war, nicht verborgen geblieben. Sie war sehr schnell von allen gemieden worden, und sogar ihr Vater hatte ihr scheele Blicke zugeworfen, als zerstörte der Vergleich mit ihr das Leben seines Umfelds. In ihrer Nähe schien alles zu verwelken. Einmal hatte sie im Schaufenster der Reinigung im Hafen eines ihrer Kleider gesehen, ausgestellt wie ein Kunstwerk, und da hatte sie begriffen, dass ein Gleichgewicht zerstört worden war, das sie nicht für so labil gehalten hatte. Ihre früheren Freundinnen waren richtig toughe Frauen mit kurzem Haar und lauter Stimme geworden. Und Maryline war sich ihrer unglaublichen Naivität bewusst geworden, als sie bei denen, von denen sie gedacht hatte, sie würden ihr Glück teilen, eine ungeheure Eifersucht bemerkte, die sie nicht für möglich gehalten hatte. In New York hatte sie ein paar schöne Backstage-Momente mit den anderen Models erlebt. Freundschaften waren entstanden zwischen zwei Flügen und zwei Shootings. Alle hatten reiche oder berühmte Liebhaber, mit denen sie sich gerne zeigten oder die sie verstecken mussten und über die sie nur unter sich sprechen konnten. Weder Paranoia noch Eifersucht befleckten damals ihre im Zeichen des Jetlags stehenden Gespräche.

Seit sie nach Frankreich zurückgekehrt war, stets überrascht, dass man ihre Gesellschaft schätzte, hielt sie sich für langweilig. Sie hatte das Gefühl, dass man nur ihre Nähe suchte, damit etwas von ihrer Schönheit abfärbe, die man für ansteckend hielt, und das war für Maryline eine ständige Quelle von Traurigkeit, wann immer sie sich dessen bewusst wurde. Sie hatte keine Ahnung, dass sie beunruhigend wirken konnte wie die Personen in Filmen, von denen man nicht weiß, ob man sie den Guten oder den Bösen zurechnen soll. Aus diesem Grund war es ihr zehn Jahre nach ihrer Rückkehr noch immer nicht gelungen, Freundinnen zu finden.

Maryline wurde jäh aus ihren Überlegungen gerissen von einem Typen, der vor ihr über die Ampel fuhr. Bereits tags zuvor war sie ihm an der wilden Küste begegnet, wo er sehr langsam in einem Mietwagen vorbeigefahren war. In der Regel sah sie sich die Sommerfrischler nicht näher an, doch dieser hatte nicht den Eindruck gemacht, im Urlaub zu sein. Er trug keine Urlaubskleidung, auch sein Gang hatte nichts von Urlaub, und statt einer Badetasche trug er eine Tasche von der Größe eines Laptops mit sich herum. Sie hatte das Gefühl gehabt, er starre sie hinter seiner Sonnenbrille an. Als ihr Handy klingelte, hatte sie ihn sofort wieder vergessen.

»Komm sofort her!«, bellte Georgia und legte gleich wieder auf.

Maryline unterdrückte eine unbändige Lust, im Meer schwimmen zu gehen. Unter Wasser waren ihre Gedanken stets weniger schwer als an der frischen Luft. Das Meer hatte die Fähigkeit, sie zu reinigen und zu vereinfachen. Sie verschob es auf später. Und außerdem war ihre Lieblingsbucht plötzlich zu einem unbetretbaren Ort geworden, seit die Tote sie zu einem Tatort gemacht hatte.

»Was ist das denn!«, rief sie, als sie vor der Tür parkte.

Eine unglaubliche Anzahl kleiner und großer Koffer verstopfte den Garten. Einer, an einen Baumstamm gelehnt und so groß wie ein erwachsener Mensch, sah aus wie ein Sarg. Sie lief zum Haus. Annick stand im Eingang, ausnahmsweise einmal interessiert. Miss Merriman, neben ihr, blickte ebenfalls in Richtung Salon, ein wenig gebeugt, vermutlich hatte der Gebetsmarsch ihren Rücken gekrümmt.

Maryline betrat, ohne lange zu fackeln, den Raum. Dort saßen, eine Flasche Bier in der Hand, William, Georgia und zwei Typen, eindeutig Japaner, die sofort aufsprangen, als sie eintrat. Eine Welle der Freude ging durch Marylines Körper, nach all den abscheulichen Vorfällen des Tages schätzte sie rückhaltlos die japanische Höflichkeit der beiden Gäste. Sie begrüßten sie mit zahlreichen Verbeugungen, einem recht passablen Französisch und strahlendem Lächeln. William stellte ihr Osamo und Daito vor, als wären sie alte Bekannte. Sie setzten sich, nachdem Maryline Platz genommen hatte. Sie nahm sich eine Handvoll Erdnüsse, die wie von Zauberhand auf dem niedrigen Tisch aufgetaucht waren, und hörte William zu, der die *»Spots«* des Seebads mit seinem einmaligen Humor aufzählte. Neugierig betrachtete sie die beiden Neuankömmlinge. Sie unterschieden sich stark von den gewöhnlichen Gästen. Daito war schön wie ein Mädchen, mit einem Mangakopf und dem Teint einer Engländerin. Schlank und hochgewachsen, verfügte er über die Anmut, an der es Georgia, die neben ihm saß, so furchtbar mangelte. Der andere Japaner, Osamo, der sein Vater sein konnte, strahlte die ruhige Kraft eines friedlichen Samurai aus, dachte Maryline, die immer schon von Asien und seiner blassen Schönheit fasziniert war.

Man begleitete die Neuankömmlinge zu ihrem Zimmer, und es wurde vereinbart, dass die großen Koffer während ihres Aufenthalts in der Garage gelagert wurden. Die beiden Männer schlossen sich ein, und bis zum nächsten Morgen war nichts mehr von ihnen zu hören.

William, Georgia und Maryline aßen zu dritt und in relativer Ruhe zu Abend. Eine ganze Menge wichtiger Informationen machte zwischen den Gerichten die Runde. Maryline erfuhr, dass Simon Schwartz Herr und Flag besucht hatte, was sie nicht weiter überraschte. Flag befand sich gerade in der Notaufnahme wegen einer »grauenhaften« Hiatushernie, wie er William am Telefon gesagt hatte. Er hatte von Ratten gesprochen, »die sich in seinem Magen gegenseitig verschlangen«. Maryline prustete vor Lachen. Das bekam Georgia in den falschen Hals, und sie verlangte eine Entschuldigung. Flag und sie waren mental gleichaltrig und teilten die Vorliebe für Kleiderhaufen, spöttische Bemerkungen und nebulöse Theorien. Flag hatte Williams Gedächtnis in Bezug auf das Mädchen aufgefrischt und Herr zu überzeugen versucht, den Bullen zu sagen, dass sie es an der wilden Küste abgesetzt hatten. »Weil es die Wahrheit ist«, sagte Maryline und nahm Georgia den Teller Nudeln weg, den sie gerade aufessen wollte. Dann stellte Georgia Fragen. Maryline gab zu, dass sie Schwartz kannte. Sie fasste in drei Sätzen achtzehn Jahre ihres Junggesellinnenlebens zusammen und gestand im gleichen Atemzug, dass sie am Nachmittag bei Flag und Herr gewesen war. William sprach wenig, hörte viel zu und sang nichts. Georgia bombardierte Maryline mit weiteren Fragen, wobei sie immer wieder abschweifte, weil sie jung war, weil das Leben nur so aus ihr heraussprudelte und weil Einzelkinder sich in alles einmischen. Sie sprach laut, zappelte herum, aß für zehn und tippte auf ihrem Mobiltelefon ein endloses Gespräch, an dem mehrere beteiligt schienen. Kurz wurde Annicks glänzendes Veilchen erwähnt und dass Miss Merriman fix und fertig von ihrer Pilgerreise zurückgekommen war. Außerdem hatte es bei den »24 heures de la bille« ein ernsthaftes Schiedsrichterproblem gegeben, das Reine zu allem Überfluss auch noch habe lösen müssen. Und schließlich erfuhr Maryline, dass die beiden Japaner bretonische Produkte im Internet verkauften, dass Osamo nicht Daitos Vater war, sondern sein Partner und dass sie außerdem Kabukikünstler waren. Georgia hatte offensichtlich nicht so recht verstanden, was Kabuki genau war, doch das Wort »Künstler« hatte genügt, um ihre Augen aufleuchten zu lassen. Sie half notdürftig, den Tisch abzuräumen, und verschwand dann eine ganze Weile auf der Toilette im Erdgeschoss. Maryline bereitete in der Küche alles für das Frühstück am nächsten Morgen vor.

»Gehen wir aus?«, schlug William vor.

Maryline drehte sich um und begegnete seinem Blick. Mit leicht gebeugtem Kopf blickte er sie lächelnd an, der William'sche Versuch einer Rückkehr zum Wachtraum, zu den Beachboy'schen *good vibrations* des Augenblicks, die zu ermutigen sie nur zu gern bereit war. Das Kind, das er gewesen war, war nie weit weg und kam manchmal ohne Vorwarnung zum Vorschein, in einem Lächeln oder in einem Anflug von Traurigkeit. Zu Beginn ihrer Geschichte hatte Maryline geglaubt, die Drogen würden ihm dieses sanfte und müde Aussehen eines nicht richtig aufgewachten Jungen verleihen. Doch als er clean war, hatte sie mit der Zeit bemerkt, dass das wirklich er war.

William kontrollierte sein Aussehen von Kopf bis Fuß im Flurspiegel, taillierte Jacke, dunkelviolette Samthose mit geschnürtem Hosenschlitz, wobei er eine Melodie trällerte, die Maryline nicht kannte, sehr hoch und sehr, sehr fröhlich. Er hatte nicht ein graues Haar, reine Willenskraft, dachte Maryline, während sie die Autoschlüssel nahm.

Bevor sie hinausgingen, stellte William sich vor die Toilettentür und begann mit der tiefen und sonoren Stimme eines schwarzen Jazzsingers schmerzgeplagt *Constipation blues* zu brüllen, wobei er sich den Bauch mit beiden Händen hielt.

»Hau ab!«, schrie Georgia hinter der Tür.

»Oh! Oh!«, drohte William. »Honey, don't piss on Screamin' Jay Hawkings! Don't piss on the best ever …«

Maryline bedeutete ihm, Georgia in Ruhe zu lassen.

Sie stiegen in den Austin, dessen Verdeck zurückgeklappt war. Selbst für dreihundert Meter nahm William seinen Wagen, und Maryline hatte den Gedanken längst aufgegeben, ihn dazu zu bringen, zu Fuß an der Küste entlang in den Ort zu gehen. Mit weiß gepuderten Nasenlöchern hatte er es früher geliebt, über den Zöllnerweg zu torkeln, doch die Realität, mit der die Nüchternheit ihn konfrontierte, hatte ihn, wie es schien, von der Natur und den gefährlichen Empfindungen, die der Meereswind herantrug, abgeschnitten.

Jedes Jahr, wenn der Sommer kam, kündigte William seinen Rückzug bis zum ersten September an, doch er hielt sich nicht daran. Die Einsamkeit der weiten Räume erschreckte ihn, nicht die Menge, so mittelmäßig sie auch sein mochte, und so sah man ihn wie alle anderen auf den Terrassen der Cafés und an den Spieltischen des Casinos.

Am verstopften Hafen betrachteten die Leute in den Autos ihn neugierig, und das aus gutem Grund. Beide wirkten wie Urlauber aus einer anderen Welt, deren Namen man nicht kannte. Sie schienen zu träumen, was die vom Verkehr genervten Urlauber auf der verstopften Strandpromenade vollends aus der Fassung brachte. Maryline und William blickten nicht auf sie herab, nein, wie ausgeschnittene Fotos auf einem weißen Hintergrund blickten sie gar nicht. Öffentlich aufzutreten war für Maryline und William ganz einfach zur zweiten Natur geworden, und das Auftreten zu zweit war eine Kunst, die zu verfeinern sie in zwanzig Jahren gemeinsamen Lebens ausreichend Zeit gehabt hatten. Sie fanden einen Parkplatz hinter der Markthalle und gingen zur Hafenpromenade, die zum großen Strand führte. In der Nähe des Bademodengeschäfts bemerkte Maryline den merkwürdigen Typen vom Nachmittag und packte William am Arm.

»Der Typ da«, sie deutete auf den Unbekannten, der ihnen entgegenkam, »sagt der dir was?«

»Ja«, erwiderte William, ohne zu zögern. »Er war gestern Abend im *Joker*. Er saß ganz allein an einem Tisch in unserer Nähe.«

Maryline bemerkte, dass William wirklich ein selektives Gedächtnis hatte, und wurde sich plötzlich des Lärms um sich herum bewusst. Wie auf einem Rummel drang völlig gegensätzliche Musik aus den Läden und vermischte sich auf der Promenade zu einer wild gewordenen Tonspur. Der Typ ging an ihnen vorbei, ohne sie anzusehen, und Maryline fragte sich, ob die Tote in der Bucht sie nicht vollkommen verrückt gemacht hatte.

Der Geruch nach heißem Zucker am Stand mit den hausgemachten Lutschern, seit ewigen Zeiten eine Spezialität des Seebads, hüllte Maryline in Kindheitsdüfte. William ging neben ihr, ganz Ohr für die Geräusche der Welt. Seine Umgebung betrachtete er nur mit zerstreutem Blick.

»O nein! Nicht das«, rief er genervt, als er mitten in dem Tumult *Tubular Bells* hörte.

Er beschleunigte den Schritt und senkte den Kopf.

Maryline grüßte im Vorbeigehen zwei oder drei Händler, die keine Zeit hatten, mit mehr als einem kleinen erkennenden Nicken zu reagieren. Trotz ihrer langen Abwesenheit war die Erinnerung an ihren Vater ihr lebenslanger Mitgliedsausweis für den sehr geschlossenen Klub der ganzjährigen Einwohner des Seebads. Sie schleppte ein Gefühl der Beklemmung mit sich herum, das die Menge, der Lärm und das grelle Licht der neonerleuchteten Geschäfte noch verstärkten. Der Hafen und seine Boote, die in Dunkelheit getaucht auf der anderen Seite des Quais lagen, und das leise Schlagen der Schotleinen an die Masten beruhigten sie. Grüppchen von Jugendlichen, versammelt wie Pinguine, rauchten und unterhielten sich leise am Strand. In der Ferne stellte die Bucht an der Strandpromenade ihre modernen Mietshäuser zur Schau, die William zufolge wie ein Gebiss aussahen. Das Meer, immer da, ein klaffendes und finsteres Loch, brachte seine Kälte und schnappte nach den Gedanken. Der Strand zu ihren Füßen breitete seinen Abfall aus, bevor die Traktoren und die menschliche Flut des nächsten Tages kamen.

»Weißt du, William, dass wir die Bullen noch nicht los sind?«, sagte Maryline und setzte sich in den Sand.

»Maryline«, sagte William und zündete sich eine Zigarette an, »kannst du dir auch nur eine Sekunde vorstellen, ich hätte dieses Mädchen getötet? Kannst du dir auch nur eine Sekunde vorstellen, dass Flag …«

Sie unterbrach ihn.

»Und Herr?«

»Fängst du schon wieder an? Ich verstehe nicht, warum du zu ihm gegangen bist. Ich hatte dir doch gesagt, nicht zu ihm zu gehen.«

»Ach ja? Ich erinnere mich nicht.«

»Hast du sein Haus gesehen?«, fuhr William fort. »Ganz schön verrückt, oder?«

»Es ist furchtbar. Sein Salon ist ein Friedhof.«

William streichelte Marylines Schulter.

»Unsere Zeit verletzt ihn. Herr irrt in der Moderne herum, die Verbitterung steht ihm ins Gesicht geschrieben.«

Maryline verzog angewidert das Gesicht.

»Ich bringe das nicht zusammen. Was verbindet Flag und dich mit ihm? Erzählt Flag ihm von seinen Eingeweiden? Und kannst du etwa mit ihm über Musik sprechen?«

»You know, honey, heutzutage ist das Unangenehmste für einen Mann, nicht an Gott zu glauben und keine Arbeit zu haben. Und das gilt ein bisschen für uns alle drei«, sagte William, während er Marylines Rücken streichelte. »Flag sieht die Welt zersplittert wie die tausend bunten Glasstückchen eines Kaleidoskops, und Herr sieht sie als Sammler. Flag wird die Stücke niemals zusammensetzen, und Herr wird als echter Sammler nur an das denken, was ihm fehlt.«

»Und du?«, fragte Maryline.

»Ich?« William lachte das leicht gezwungene Lachen derer, die den Bogen überspannt haben. »Ich finde, es ist alles ein bisschen zu deutlich geworden. Die Bilder, die Klänge …«

Normalerweise waren Williams Bemerkungen frei von jeder Bitterkeit, deswegen wunderte sich Maryline über diese unausgesprochene Wehmut. Wenn sich mögliches Bedauern ankündigte, zögerte sie zwischen wissen und nicht wissen wollen. In der Regel zog sie das Nicht-wissen-Wollen vor und wahrte so das Gleichgewicht, verlor dabei aber auch die Verbindung zu einem Teil von Williams Gehirn, in dem sie vielleicht nicht mehr die schöne Rolle spielte, die sie zu spielen glaubte.

»Gibt es eine Frau in seinem Leben?«

»Herr? O nein!«, sagte William lachend. »Ich kann ihn mir nicht mit einer Frau vorstellen.«

»Eher mit einem Mann?«

Überrumpelt, zögerte William einen Augenblick.

»Auch nicht.«

Sie schwiegen eine Weile. Maryline, die an William gelehnt dasaß, beobachtete träumerisch den Lichtstrahl des Leuchtturms, der über die Küste strich.

»Ist dieser Bulle dein Geliebter gewesen?«, fragte William.

»Wir waren zwei Jahre zusammen, bevor ich in die USA gegangen bin.«

»Er ist der letzte Mann, mit dem du vor mir geschlafen hast?«

»Ja.«

»Das heißt, wenn du nicht fortgegangen wärst und mich nicht kennengelernt hättest, wäre dieser Mann heute vielleicht an meiner Stelle?«

Das war eine von Williams Abkürzungen, seinen Erfindungen, die wie kurze Reime waren, wie Texte, die darauf zugeschnitten waren, Melodien zu werden. Immer poetisch, aber auch nervtötend, weil er nicht vollkommen unrecht hatte. Sie hätte sich ohne weiteres ein Leben mit Simon aufbauen können. Sie waren damals beide erwachsen gewesen, und er hatte sich nichts anderes gewünscht.

»Warum hast du ihn verlassen?«, fragte William.

»Ich wollte fortgehen, und er konnte sich nur ein Leben hier vorstellen, eng verbunden mit dem Meer, seinem Segelboot und dem Regen.«

Maryline war ebenfalls imstande, vertonbare Sätze zu drechseln, für William, der etwas Besseres als die Wahrheit verdiente, jedenfalls etwas anderes, und das, seit er alles aufgegeben hatte für sie. Simon, der große, massige Jüngling aus ihrer Jugend, der lachend Fußball spielte, lachend, weil er lebte und die Kraft seines Körpers spürte, hatte zwanzig Jahre später die Macht, William kaputt zu machen. Einen alternden William, dem sie eingeredet hatte, dass es ein Leben nach dem Heroin gäbe und dass es besser wäre, lange ohne Musik zu leben, als jung unter seiner Gitarre zu sterben. Maryline seufzte, bedrückt von der Menge an unausgesprochenen Dingen, die durch Simons Wiederauftauchen nun weiter wuchs. Sie vergaß nie, dass William unter dem Panzer seines Humors an Unterkühlung litt.

»*Why don't we get drunk?*«, trällerte er mit der nasalen Stimme eines Country-Sängers.

Er stand auf wie ein junger Mann, nahm Maryline am Arm und zog sie zur Strandbar. Sie bekamen Plätze, ohne dass Maryline und Pierre Jubé, der Barbesitzer, ein Wort miteinander wechseln mussten. In den beiden Sommermonaten verständigten sich die Mitglieder der lokalen Bruderschaft mit Zeichen, um die Urlauber nicht auf die Privilegien aufmerksam zu machen, die sie einander hinter ihrem Rücken gewährten.

Und so ließ man in dem überfüllten Restaurant ein kleines Reservierungsschild auf einem Tisch mit Meerblick verschwinden, damit das Paar dort Platz nehmen konnte.

William öffnete die Akte Georgia, um ein bisschen Leichtigkeit in ihren bleischwer gewordenen Abend zu bringen, und kam auf die Japaner zu sprechen, die ihm gefielen. Zwei Typen, die bretonische Schalen mit japanischen Vornamen exportierten, und zwar mit echt japanischer Ernsthaftigkeit – das musste ihm einfach gefallen. Meist interessierte er sich nicht für die Gäste, für ihn waren sie allenfalls ein Haufen Leute, die sich zum Verwechseln ähnlich sahen, jedes Jahr Sand ins Haus brachten, dämlich lachten, einen Sonnenbrand bekamen, bevor sie braun wurden, und schließlich wieder verschwanden.

Unter dem Baldachin vor dem Strandrestaurant hatte William sich mit dem Rücken zum Speisesaal gesetzt, eine Stargewohnheit, die keinen wirklichen Sinn mehr hatte. Er behielt sie trotzdem bei, weil es ihm Spaß machte, sich vorzustellen, was Maryline sah, indem er ihren Gesichtsausdruck beobachtete. Sie war imstande, eine Unterhaltung mit William zu führen und dabei wie ein Schnüffler zu beobachten, was hinter ihm geschah. An diesem Abend schien nichts ihre Aufmerksamkeit zu erregen, sie nippte brav an ihrem Amaretto, bis sich plötzlich ein Schleier der Unruhe über ihr Gesicht breitete. William hörte die Akkorde einer E-Gitarre, gefolgt von Applaus. Ein Straßenmusiker begann rhythmisch mit dem Fuß zu klopfen und, William glaubte seinen Ohren nicht, *Goin' to Louisiana* von John Lee Hooker zu singen, eine von Williams Hymnen, ein unantastbares Stück seines persönlichen Pantheons. Maryline blickte ihm fest in die Augen, ein ausdrücklicher Befehl, ja nicht zu gucken. Hinter ihm wurde John Lee

Hooker massakriert, und er konnte nichts dagegen tun. Er selbst hätte sich niemals daran getraut, mit der wundervollen Stimme des Bluesmusikers konnte niemand rivalisieren. Niemand konnte seine Predigt nachahmen, die geheimen Unterhaltungen mit seiner Gitarre, die so lebendig wie ein intelligentes Tier war. John Lee Hooker sang für sich selbst, man hörte ihm zu, wie man hinter einer verschlossenen Tür mit angehaltenem Atem vertraulichen Mitteilungen lauscht, die nicht für einen bestimmt sind. William schloss die Augen, da er sich nicht die Ohren verstopfen konnte. Williams Launen nervten Maryline, und sie nahm sich vor, sie ihm diesmal nicht durchgehen zu lassen. Angesichts der Ereignisse des Tages war sie der Meinung, dass er nicht das Recht hatte, süffisante Bemerkungen zu machen, auch wenn sie zugeben musste, dass sie da tatsächlich Zeugen eines Mordes waren.

»Gehen wir, honey? Ich leide«, sagte er und stand abrupt auf.

Maryline holte einen Schein aus ihrer Tasche, den sie auf den Tisch legte, und verließ eilig das Restaurant. William folgte ihr, ohne den Typen eines Blicks zu würdigen. Maryline behielt das Bild des buckligen alten jungen Mannes, dessen blaue Augen milchig vom grauen Star waren und der sich über seine mit Marmorimitat geschmückte Gitarre beugte, für sich und dankte dem Himmel dafür, dass er William diesen traurigen Anblick erspart hatte.

»Glaubst du, dass man auch über mich schreiben wird ›er lebte die letzten Jahre zurückgezogen und vereinsamt‹, wenn ich abkratze? Glaubst du das, Maryline?«, sagte William und zündete sich eine Zigarette an.

Er brach in Gelächter aus und folgte ihr schweigend zum Wagen.

Sie fuhren an der Villa Esteraza vorbei und bemerkten, ohne darüber zu reden, dass die Lichter in der ersten Etage des Passagierschiffs brannten. Maryline erschauderte, als sie sich an Herrs gepflegte, geschmeidige und redselige Hände erinnerte, die die Umrisse seiner Gedanken zeichneten, wenn er sprach. Sie stellte sich seine Hände auf ihrem Körper vor und sagte zu William, wie mild die Luft doch sei, damit er ihr half, die aufdringlichen Hände des Mannes zu vergessen.

»Mein Gott, wie schön sie ist!«, rief Édouard Herr, von den Achselhöhlen bis zu den Waden in ein Badetuch gewickelt.

Auf dem Rand der Badewanne sitzend, betrachtete er abwechselnd sein Spiegelbild und seine Katze Des Esseintes, die zuammengerollt auf einem Stapel Handtücher lag. Herr dampfte aus allen Poren das fast kochend heiße Wasser seines Bades aus, das laut rülpsend durch den Abfluss floss. Träumerisch seufzte er vor Wohlbehagen und schloss die Augen, um Marylines weiße, an manchen Stellen perfekte Haut besser sehen zu können, die ihn an gekörntes Papier in sehr guter Qualität erinnerte. Er fuhr mit einer Hand an seinem Hals entlang zu der Stelle, wo ein paar Stunden zuvor Maryline an ihrem Hals über eine Kette gefahren war, die dünn wie eine Spinnwebe gewesen war und im Rhythmus ihres Atems geglänzt hatte.

»Siehst du«, sagte er zur Katze, »die Schönheit ist nutzlos, und deswegen fasziniert und erschreckt sie uns. Wir wissen nicht, was wir mit ihr tun sollen. Sie taucht hier und da auf, und auch sie weiß nicht, was sie mit uns tun soll.«

Er wickelte sich aus seinem Badetuch, besprengte seinen Körper mit Lotion und massierte sie summend von den Schultern bis zu den Zehen ein, wobei er seiner Katze, deren Augen sich zu schmalen Schlitzen verengt hatten, den Anblick seines Hinterns bot, der weißlich wie der Arsch eines Cherub war. Immer noch nackt im Glutofen seines Art-déco-Badezimmers, näherte er sich Des Esseintes und tauchte seine Nase in den Nacken des Tieres auf der Suche nach einem Puderduft, den Maryline möglicherweise zwischen zwei Haarbüscheln hinterlassen hatte.

»Wie war es, zwischen ihren Schenkeln zu dösen?«, flüsterte er der Katze zu, bevor er sie von dem Handtuchstapel verjagte.

Édouard Herr holte einen gestreiften altgoldenen Satinpyjama aus seinem begehbaren Kleiderschrank, zog ihn zitternd an und begab sich dann in sein Schlafzimmer. Er legte sich ins Bett, nahm einen Auktionskatalog vom Nachttisch und kreuzte zwei kleine Zeichnungen von Constantin Guys an, die seinen Preisvorstellungen entsprachen. Er blätterte ein wenig und legte dann den Katalog weg, unfähig, sich zu konzentrieren. Er vergegenwärtigte sich noch einmal Marylines Besuch und die Einzelheiten ihrer kurzen Unterhaltung. Ihm stand ein erstaunlich deutliches Bild von ihr vor Augen. Fieberhaft suchte er in seinem Gedächtnis, wem sie bloß ähnelte, denn sie erinnerte ihn an jemanden. Er stand auf, holte aus seinem Bücherregal einen großen Bildband und blätterte fachmännisch darin.

»Lady Elizabeth Pope, die Blätterfrau«, murmelte er. Als er die richtige Seite gefunden hatte, betrachtete er aufmerksam das Bild von Peake. Vielleicht, dachte er, etwas enttäuscht. Das ein wenig flache Dekolleté, das Blau der Augen, brummte er. Er bewunderte das Bild, das er lange nicht mehr betrachtet hatte, dann schlug er das Buch zu. Er stellte es ins Regal zurück und ging ein paar Schritte hin und her. Nein, näher an unserer Zeit, sagte er und berührte die Rücken seiner Bücher. Moreau, de Nittis, Blanche. O nein! Das passt nicht, sagte er zur Katze, zu sehr Fin de Siècle, zu morbid. Nein, da ist etwas an dieser Frau … Er suchte nach Inspiration, indem er seine Augen über den Papyrus-Fries gleiten ließ, der von einer Wand zur anderen lief, und massierte sich die Hüften … Es ist echte Dummheit. Ja, sagte er zur Katze, diese Dummheit, die darin besteht, so zu leben, als würde man nie sterben. Vigée-Lebrun! Natürlich!, dachte er bei sich und drehte sich um. Die schöne Élisabeth. Natürlich! Des Esseintes öffnete die Augen einen Spalt. Ihr Selbstporträt im British Museum! Herr brach in Gelächter aus. Er blätterte in einem Buch über die Künstlerin, fand das Selbstporträt und kehrte in sein Bett zurück. Das Buch aufgeschlagen auf seinen Knien, betrachtete er, während er mit einer Hand seine Katze streichelte, lange das Selbstporträt dieser Frau, die sich glücklich und mit einem blumengeschmückten Strohhut gemalt hatte. Maryline, die älter war, trug den Hut tiefer ins Gesicht gezogen, doch die Ähnlichkeit war frappierend. Er bedeckte die Augen der Katze mit der Hand und näherte seine Lippen dem leichten Lächeln der Porträtmalerin. Er küsste sie zart. Lange saß er so verträumt auf seinem Bett. Nach und nach vermischten sich, so wie Aquarellfarben sich in der falschen Richtung auf dem Papier ausbreiten, seine Gedanken an Maryline, die allmählich verschwamm, an den Besuch der Polizisten und an William, der ihm nie von seiner Frau erzählt hatte. William Halloway hatte sich wohlweislich gehütet, seinen Schatz zu zeigen, und Herr empfand dem Musiker gegenüber eine ungekannte Bitterkeit. Marylines Geheimnis ließ William plötzlich in einem anderen Licht erscheinen und warf einen Schatten auf ihre Freundschaft. Selbst dieser Blödmann Flag hatte sie seit Jahren betrachten und mit ihr reden dürfen. Édouard Herr stieß einen langen betrübten Seufzer aus. Schließlich schlief er unter dem Betthimmel mit Maulbeerfeigen ein, erschöpft von seiner Ungeduld und Eifersucht, eine Hand auf dem Bauch der Katze, die neben ihm schnarchte.

4

Maryline wachte glücklich auf. Die Sonne verbreitete eine wunderbare gelbe Wärme im Zimmer. Kein Wind, wie ihr schien, und ein Meer, das so ruhig war, dass man es kaum hörte. Doch dann kehrten eine nach der anderen die ganzen Unannehmlichkeiten des Vortags zurück, ein Schmerz, den man mit der Nacht verschwunden geglaubt hat und der mit seinen unheilvollen Stichen wiederkehrt. Sie schloss die Augen, seufzte tief und spürte Williams Körper an ihrem, den kein Drama jemals vorzeitig aufwachen ließ. Sie hätte gern weitergeschlafen, doch Rebecca Merrimans Schritte über ihrem Kopf hinderten sie daran. Die Entdeckung der Toten hatte die Routine der alten Dame nicht durcheinandergebracht, vermutlich war sie mit schnellen Schritten den Zöllnerweg entlanggelaufen und ging jetzt in ihrem Zimmer auf und ab und wartete darauf, dass Maryline aufstand.

Sie duschte, zog sich an und weckte Georgia. Im Erdgeschoss fand sie die Eingangstür offen. Die beiden Japaner betrachteten die Wipfel der jahrhundertealten Kiefern. Bereits um halb acht waren sie geschmackvoll und sorgfältig gekleidet. Ihr Anblick beruhigte Maryline. Sie nahm sich nicht die Zeit, sich zu fragen, warum. Miss Merriman stand hinter ihr, eine kleine, nimmermüde Maus, und verlangte stumm ihr Frühstück.

Annick kam mit den Zeitungen, die auf der Lokalseite den Tod des tätowierten Mädchens meldeten. Maryline erfuhr, dass sie Elyne Folenfant hieß, dreiundzwanzig Jahre alt und in Laval geboren worden war. Sie hatte die Ausbildung zur Sekretärin nicht geschafft und vorgehabt, es nach der Sommerpause mit Bürokommunikation zu versuchen. Sie war in das Seebad gekommen, um ihre Schwester zu besuchen, bei der sie seit ihrer Ankunft vor ein paar Tagen gewohnt hatte. Ihr offensichtlich aus einem Gruppenfoto ausgeschnittenes Gesicht lächelte. »Die Umstände des Ertrinkens waren bei Redaktionsschluss noch ungeklärt«, hieß es am Ende des Artikels. Maryline, die sich gierig auf jedes trostspendende Detail stürzte, war froh, dass man nicht offen von der Möglichkeit eines Verbrechens sprach.

Dann nahm das eingespielte Ballett zwischen Maryline, Miss Merriman und Annick schweigend seinen Gang, da niemand Lust hatte, die Geschichte wieder aufs Tapet zu bringen. Die Küche war tags zuvor der Nebenschauplatz der Tragödie gewesen, und es brauchte vermutlich ein paar Tage, dachte Maryline, bis die Orte ihre Unschuld zurückgewannen.

Maryline bat Annick, den Japanern Bescheid zu sagen, dass das Frühstück bereit sei, doch diese weigerte sich mit undefinierbaren Lauten. Das Blau ihres Veilchens begann sich unter einer Schicht fettiger Salbe in ein grünliches Gelb zu verwandeln, und Maryline blickte Annick eindringlich an, während sie mit ihr sprach. Doch Annick ließ sich nicht einschüchtern und tat so, als seien die Wünsche von Miss Merriman ihr plötzlich Befehl geworden. Maryline kümmerte sich selbst um die Japaner, führte sie ins Esszimmer und schenkte ihnen ihr schönstes Lächeln, da sie die beiden großartig fand. Außerdem waren sie nach dem Drama angekommen und daher unbehelligt von ihm geblieben. Am liebsten hätte sie sich zu ihnen gesetzt und mit ihnen gefrühstückt und über Gott und die Welt geredet. Doch sie traute sich nicht und kehrte in die Küche zurück zu ihren beiden zufälligen Komplizinnen, die sie sofort wieder in deprimierte Stimmung versetzten. Georgia, die schwerfällig aus dem ersten Stock heruntergekommen war, trat in die Küche. Maryline riss die Augen auf.

»O nein! Bitte nicht das!«, rief sie und betrachtete ihre Tochter von Kopf bis Fuß. Georgia trug Hotpants, die zwei dicke marmorierte Schenkel entblößten, und dazu ihre Stiefeletten vom letzten Winter, in denen sie aussah, als steckten ihre Füße in Eimern.

Hinter Maryline kostete Annick ihre Rache aus und stapelte mit Hingabe Tassen. Miss Merriman, die als echte Amerikanerin allergisch gegen Streitigkeiten war, schlängelte sich an Georgia vorbei durch die Tür und verschwand.

»Geh dich umziehen«, sagte Maryline leise, darauf bedacht, die beiden Japaner in Ruhe frühstücken zu lassen. »Ich bitte dich darum, ohne mich aufzuregen, Georgia. Und ich warne dich, wenn du es nicht tust, wird das Konsequenzen haben.«

Georgia ließ ein leises erbarmungsloses Lachen hören.

»Sag ruhig, dass ich dick bin, wenn du schon dabei bist!«, stieß sie in drohendem Ton hervor.

Maryline erklärte ihr, jedes Wort einzeln betonend, dass sie in diesem Aufzug nicht arbeiten gehen könne und dass das nichts mit ihrem Äußeren zu tun habe. Maryline war sich bewusst, dass es für Georgia nicht leicht war, die mollige Tochter schlanker Eltern zu sein, auch wenn die Zeit übergewichtigen Mädchen alle Exzesse erlaubte.

»Willst du etwa enden wie das Mädchen am Strand?«, explodierte sie entnervt.

Annick grummelte hinter ihr, und Georgia riss die Augen auf, als hätte ihre Mutter plötzlich den Verstand verloren.

»Was hat das denn damit zu tun«, sagte Georgia, etwas milder gestimmt.

»Jede Menge, und ich bitte dich, dich umzuziehen.«

»Und was sind die Konsequenzen, wenn ich mich weigere?«, fragte Georgia.

Sie nahm ein Croissant vom Tisch, blieb aber auf Abstand zu ihrer Mutter.

»Das weiß ich noch nicht, aber mir wird schon was einfallen, glaub mir.«

»Leck mich!«, rief Georgia und stürmte aus der Küche.

Von hinten sah sie noch schlimmer aus als von vorn, dachte Maryline, erleichtert zu hören, dass ihre Tochter die Treppe zu ihrem Zimmer hinaufging. Sie hasste es, sich mit ihr zu streiten, und der Ausgang ihrer Streitereien hatte für sie nichts mit Sieg oder Niederlage zu tun. Sie hatte die endlosen Auseinandersetzungen mit ihren Eltern nicht vergessen. Dabei hatten sich die harmlosesten Konflikte als die gefährlichsten erwiesen, und sie wollte nicht, dass sich mit Georgia wiederholte, was sie selbst durchgemacht hatte. Natürlich war es das Gespenst der Sexualität, das über alldem schwebte, die Sexualität ihrer Tochter. Schamlos stellte sie diesen Körper zur Schau, und das mit einer Naivität, die ihr Angst machte. Das Sexualleben unserer Kinder, dachte sie, ist eine alte Geschichte, die wir uns lange nicht erzählt haben. Man weiß, und man weiß nicht. Man will wissen, und man will nicht wissen. Es ist manchmal komisch, aber auch traurig und sogar erschreckend.

Die Japaner gaben Bescheid, dass sie Termine hätten und nicht vor dem Abend zurück seien. Annick ging hinauf, um die Zimmer zu machen. Allein geblieben in der Küche, genoss Maryline die Stille und verschob alles, was sie zu tun hatte, auf später. Sie sah ihre Tochter erneut an der Küchentür vorbeikommen, und für den Bruchteil einer Sekunde erkannte sie rote Ballerinas, einen kurzen Rock und darüber ihr Gesicht verschlossener als ein Dreipunktsicherheitsschloss. Sie dachte über Georgia nach. Sie dachte oft über Georgia nach, so wie alle Eltern über ihre Kinder nachdenken, wenn sie nicht da sind, in aller Ruhe. Georgias Leben war wie ein Film in ihrem Kopf, aus dem sie sich je nach Stimmung Bilder vorspielte, ohne je genug zu bekommen. Sie sah ihre Tochter als Baby wieder, kompakt und schwer bei der Geburt, mit dicker und trockener Haut, einer Masse von Haaren steif wie Mikadostäbchen und Augenringen. Maryline hatte sie als Kleinkind vergöttert, tollpatschig und ungeschickt, immer ein wenig verblüfft und eingezwängt in ihren Kleidern, die ständig Essensflecke hatten, Salz auf ihren fleischigen Armen und Sand in den Speckfalten, der Körper eines kleinen Sumoringers. Sie sah Georgia wieder auf dem Wohnzimmerteppich sitzen, umgeben von ihren Barbiepuppen und dem ganzen Zubehör. Mit ungeschickten Fingern zog sie die steifen und mit der Zeit vom Dreck grau gewordenen Puppen an und aus, ohne müde zu werden. Sie steckte die gewölbten Füße ihrer toten Puppen in winzige Pumps, die sie in einer Spieldose aufbewahrte, aus der jedes Mal, wenn sie sie öffnete, ein Wiener Walzer erklang. Verloren im dümmlichen Blick ihrer Lieblinge, deren Ellbogen und Knie sie brach, um ihnen die Posen lebendiger Menschen zu verleihen. Schwitzend vor Konzentration murmelte sie frei erfundene romantische Dialoge. Ken im Hawaiihemd gab Barbie im Brautkleid Zungenküsse aus Plastik, bevor er in einer Waschschüssel landete, die als kalifornischer Swimmingpool diente. Barbie lachte und kokettierte, während sie zuschaute, wie ihr GI Joe verheißungsvoll von einem imaginären Sprungbrett kopfüber ins Wasser sprang und dabei die Föhnwelle seines Modepüppchens im mit Lamé durchwirkten Minibadeanzug bespritzte. Das Liebesgeflüster wechselte nach ihrem Umzug in die Bretagne fast von einem Tag auf den anderen vom Englischen ins Französische. Während Williams Entzug machten die Puppen eine harte Zeit durch, und Georgia vergaß Ken für eine Weile auf einem Regal in ihrem Zimmer. Dann erneuerte Ken seine Beziehung zu Barbie und sprang erneut in seine Schüssel, um Eindruck zu schinden, als hätten sie sich nie getrennt.

»Telefon«, knurrte Annick. »Die Bullen«, sagte sie, ohne den Hörer zuzuhalten.

Es war Simon Schwartz. Er würde im Laufe des Vormittags vorbeikommen.

Simon kam eine Stunde später, als Marylines Laune sich auf dem Tiefpunkt befand, wovon er allerdings nichts bemerkte, da sie die Ruhe einer Hotelbesitzerin ausstrahlte, die Herrin ihrer selbst und des Lärms in ihrem Kopf war.

Sie schlug ihm vor, einen Kaffee in dem kleinen Salon zu trinken, der sich auf eine Terrasse über dem Meer auf der Rückseite von Ker Annette öffnete. In diesem für die Besucher verbotenen Raum hatte Maryline vor fünf Jahren alles zusammengetragen, was die Aufmerksamkeit der Gäste auf ihre New Yorker Vergangenheit hätte lenken können. Wertvoller

Nippes, haufenweise Erinnerungen an die früheren Leben der Halloways waren dort versteckt, so wie andere Leute ihren Reichtum verstecken. Sie waren schließlich in diesem Wintergarten geblieben und nicht an ihren ursprünglichen Platz im Haus zurückgekehrt.

Maryline machte das Erkerfenster weit auf und blickte in einen blendend blauen Himmel und auf ein glitzerndes Meer. Aus der Ferne drang Kindergeschrei zu ihnen, Schreie der Freude und der Aufregung, die Maryline normalerweise entzückten. Beide zögerten, sich zu setzen, denn im Stehen waren sie wachsamer.

»Setz dich doch«, sagte sie schließlich und deutete auf das Sofa.

Sie ließ sich ihm gegenüber in ihrem Wintersessel nieder, dessen Überdecke auf einer der Armlehnen lag.

»Die Obduktion hat nicht lange gedauert«, sagte er in neutralem Ton. »Keine Spuren von Gewalt. Sie hatte zwei Promille im Blut, was ihrer Schwester zufolge nicht ungewöhnlich war. Ihr Freund hat sie sitzenlassen, und sie ging ihrer ganzen Umgebung schrecklich auf die Nerven. Ich habe mit allen gesprochen. Dein Mann hat zwar schwere Gedächtnislücken, und Édouard Herr fällt es schwer zuzugeben, dass er sie mitten in der Nacht an der Küste rausgeschmissen hat, aber sonst deckt sich alles, was ich gehört habe. Étienne Legouic, euer Freund Flag, war am präzisesten. Faktisch habe ich so gut wie nichts, was sie belastet. Freust du dich?«, fragte er in leicht feindseligem Ton.

»Mich freuen? Simon, das erlöst mich aus einem Albtraum.«

»Kennst du Édouard Herr gut?«, fragte er, während er versuchte, den Blick von einem Foto der schwangeren Maryline abzuwenden, das damals den ganzen Berufsstand verblüfft hatte.

»Sehr wenig. Ich mag ihn nicht. Es gefällt mir nicht, William mit ihm zu sehen. Ich habe das Gefühl, dass sie ein schlechter Umgang füreinander sind.«

»Hm«, murmelte Simon, nur mäßig interessiert.

Er war ganz von der Entdeckung von Ali Babas Höhle in Anspruch genommen und schien Marylines Anwesenheit fast vergessen zu haben. Er war aufgestanden und lief im Zimmer umher, angezogen von den Modezeitschriften, den Plattenhüllen und den Fotostapeln. Maryline beobachtete ihn, von einer eigenartigen Traurigkeit, einer unbestimmten Melancholie erfasst. Brutalität und Sanftmut mischten sich auf subtile Weise auf Simons Gesicht. Sie erinnerte sich an seine platonische Liebe, an seine Geduld, wenn er vor sich hindösend seine Angelschnur überwachte. Er war ein fröhlicher, aber humorloser junger Mann gewesen. Auf Partys war er der Einzige, bei dem die Joints keinerlei Wirkung zeigten. Er hielt seinen kühlen Kopf immer ein bisschen im Hintergrund. Damals, dachte Maryline, hatten Mädchen und Jungs sich nicht besonders gemocht. Man betrachtete sich mit leichter Verachtung, und die Beziehungen waren schmerzvoll. Die Eltern hüllten sich in Schweigen, den Lehrern saß die Hand locker, und man wuchs in scheußlichen Trainingsanzügen auf. Das Lachen war böse und spöttisch, man war sich des Bösen bewusst, das man tat, und tat es trotzdem. Marylines und Simons junge Mütter waren im Abstand von wenigen Tagen gestorben, und ihre Väter waren miteinander befreundet und todunglücklich. Ein paar Tage nach der Beerdigung hatte Simon Maryline mit dem Ungestüm dessen geküsst, der sein ganzes Pulver auf einmal verschießt. Er hatte sie wild geküsst und auf ihrem Gesicht die Spuren seiner Tränen zurückgelassen, bevor er weggerannt war. Dann hatte er drei Jahre warten müssen, bis er sie erneut berühren durfte, mit ihrer Zustimmung diesmal. Er war sechzehn gewesen. Maryline hatte andere Abenteuer vor ihm gehabt, doch Simon zeigte ihr zum ersten Mal, worum es in der Welt geht. In seinen Armen begriff sie die unendliche Macht der Frauen.

Simon war ein untersetzter und eigenbrötlerischer Mann, das genaue Gegenteil von William, der nun schon seit zwanzig Jahren auf Marylines Körper spazieren ging mit magischen Worten und leichten Berührungen, die ein leichtes, mit Drogen und Pailletten gepudertes Leben propagierten, einen verrückten und schönen Traum. Simon dagegen roch nach Meer, setzte ihr zu wie der Wind auf offener See und war ihre Jugend. Simon war jemand, dachte Maryline, der einen besitzen wollte, während William niemals einen Sinn für Besitz gehabt hatte.

»Ich verstehe nicht, warum du nach Frankreich zurückgekommen bist. Ihr hattet doch ein Leben …«

»Nein, Simon! Fang du nicht auch noch an. Wir haben das Leben von Reichen geführt, die man für Gauner hielt. Es war wie in jedem anderen Milieu, weißt du. Es gab Familienväter, Depressive, Pfennigfuchser, Pädophile, Arbeitstiere und Faulenzer. Nur dass ihre Gesichter auf Plattenhüllen und in Zeitschriften abgebildet waren.«

Sie begann über die Vergangenheit zu reden, ihr Blick verlor sich im Meer. Sie gestand ihm, dass sie nur beruhigt gewesen sei, wenn William zu Aufnahmen im Studio war. Nur in diesen Augenblicken habe sie sicher gewusst, wo er gewesen sei. In diesen Phasen sei William ein Workaholic geworden und habe nicht mehr daran gedacht, sich herumzutreiben. Sie erzählte ihm, am schlimmsten seien die Tourneen gewesen. Musiker seien ebenso leichtsinnig wie Kinder, denen man alle Freiheiten lässt. Alle hätten mit ihnen spielen und eine gute Zeit haben wollen. Die ganz Schlauen hätten der Band neue Drogen oder irgendeine ganz neue Scheiße mitgebracht. Sie habe ihn während der Tourneen besucht, wenn es zeitlich möglich gewesen sei, aber sie habe es nicht gern getan. Die Bandmitglieder hätten ihr misstraut.

»Die Rockmusikszene ist ein Machomilieu wie jedes andere, weißt du. Man pfercht dort die Musen ein.«

Simon hielt den Atem an. Er hatte das Gefühl, dass Maryline das, was sie ihm gerade sagte, zum ersten und letzten Mal formulierte und dass er sich unbedingt an alles erinnern musste.

Sie erzählte ihm, wie nach den Konzerten nie Schluss gewesen sei, dass man die Lichter nicht habe ausmachen dürfen und dass William einfach nicht habe aufhören können. Es habe viele Tote gegeben, und das Mädchen am Strand habe schmerzliche Erinnerungen in ihr geweckt. Simon fragte, wie sie sich kennengelernt hätten.

»An einem Strand in Cape Cod. Ich machte Werbefotos, und er war in der Gegend, um seine Eltern zu besuchen.«

Sie erklärte Simon, dass William aus einer alter Bostoner Familie stamme. Sie habe seine Eltern nur selten gesehen. Von Anfang an seien sie der Ansicht gewesen, sie habe einen schlechten Einfluss auf ihren Sohn, ohne es direkt zu zeigen. Man habe ihn mit förmlichem Lächeln zum Schweigen gebracht. Anschließend seien sie nach Frankreich gezogen und hätten sich nicht mehr wiedergesehen.

»In seinen Kreisen regt man sich nicht auf, das ist vulgär«, sagte sie spöttisch. »Man verschwindet elegant, und das hat er getan. Williams Mutter war eine harte Frau«, fügte Maryline hinzu, »eine von denen, die man nur dort findet, eingezwängt in einen Panzer. Sie schien ewig fünfzig zu sein. Sein Vater war ein magerer und stummer Riese, der nur schlecht verbarg, dass er seinen Sohn hasste.«

»Ist er hier glücklich?«, fragte Simon.

»Manchmal habe ich das Gefühl, dass er vor Langeweile stirbt. Und dann wieder sage ich mir, dass er glücklich ist, noch am Leben zu sein. Ich weiß nicht.«

»Im Grunde hast du dich zuerst um deinen Vater gekümmert, und jetzt kümmerst du dich um deinen Mann, deine Tochter und deine Gäste.«

Simon hatte plötzlich den Zauber in dem lichtdurchfluteten Raum gebrochen. Noch während er sprach, wurde ihm das bewusst, und er musste die Katastrophe akzeptieren. Er wandte sich ab, und in seinem Rücken spürte er Marylines Enttäuschung.

Wegen seines Jähzorns, der immer wieder zum Ausbruch gekommen war und alles verdorben hatte, hatte sie Simon abrupt verlassen, fast von einem Tag auf den anderen, um nach New York zu gehen. Schon als Kind hatte er aus Stolz die Sandburgen zerstört, die er in stundenlanger Arbeit gebaut hatte, weil er keine Spur von seinem Vergnügen und seiner Ausdauer zurücklassen wollte.

Sie stand auf und öffnete die Tür.

»Was wird jetzt geschehen? Was ist mit William?«, fragte sie aufs Geratewohl.

»Ich glaube, ich habe ihm nichts vorzuwerfen«, sagte Simon

und sah Maryline eindringlich an. »Dieses Mädchen ist in die Bucht hinuntergestiegen, sie wollte schwimmen gehen und ist ertrunken. Sie ist gegen vier Uhr morgens gestorben, eine Dreiviertelstunde nach der Rückkehr deines Mannes.«

Er blieb im Flur stehen und drehte sich um.

»Noch etwas«, sagte er. »Lässt deine Putzfrau sich von ihren Schranktüren schlagen?«

»Simon!«, murmelte Maryline.

»Sie weigert sich natürlich, mit dir darüber zu sprechen.«

Maryline seufzte.

Auf der Außentreppe packte er sie, nachdem er sich von ihr verabschiedet hatte, fest am Arm.

»Maryline!« Das war ein Aufschrei, ein schlecht verhüllter Schmerzensschrei, die Ankündigung einer unangenehmen Überraschung, eines Todes, wahrscheinlich war es mit seiner Gleichmütigkeit vorbei, dachte Maryline, von Panik erfasst.

Sie begriff, dass Simon nichts von seiner Entschlossenheit verloren hatte. Er wollte noch immer mit dem Kopf durch die Wand, verletzte sich, ruinierte sich und begann von vorn wie eine Maschine ohne Gedächtnis. Doch diese Hand, die ihren Arm hielt, hatte einst ihren Bauch und ihr Gesicht berührt. Maryline spürte, wie sie in einer Mischung aus ohnmächtiger Wut und reiner Lust bis in die Haarspitzen errötete.

»Ich weiß nicht, was ich dir sagen soll, Simon. Bitte geh.«

Sie schloss die Tür hinter sich und hielt sich am Garderobenständer fest, um nicht hinzufallen. Der Spiegel im Flur zeigte ihr schonungslos ihr erschrockenes Gesicht. Sie stand reglos da, wartete einen Augenblick, und der Sturm legte sich. Als sie an der Küche vorbeikam, um in ihr Zimmer hinaufzugehen, blieb sie abrupt stehen. William lehnte am Buffet, er sang und sah dabei Annick in die Augen. Gegen den Kühlschrank gedrückt, so weit wie möglich von ihm entfernt, sah diese ihn ängstlich an.

We'll hold hands and then we'll watch the sunrise
From the bottom of the sea
But first, are you experienced?

Beide drehten mit offenem Mund den Kopf in ihre Richtung. Maryline hatte das Gefühl, zwei Geisteskranke vor sich zu haben. Für Annick, die sich noch nie mehr als ein paar Kilometer vom Meer entfernt hatte, war William ein Alien. An seine Exzentrik hatte sie sich nie gewöhnen können, und sie erstarrte, wenn dieser Dandy, den er mehr oder weniger gekonnt spielte, in ihre Nähe kam. Maryline überließ sie ihrem Wahnsinn zu zweit und ging in ihr Zimmer hinauf, wo eine Tränenflut aus ihr hervorbrach, die sich seit dem Vortag angestaut hatte, zusammen mit ein paar Wutschreien, mit denen sie Simon aus ihrem Haus vertrieb. Durchs Fenster hörte sie Flags Mofa auf dem Kies der Allee und dann Flags und Williams Schritte, bis sich die Studiotür hinter ihnen schloss.

Sie zog ein Kleid über ihren Badeanzug und lief zum großen Strand. Sie fand einen Platz neben einem jungen Pärchen. Schon bedauerte sie, gekommen zu sein. Der Strand war laut und überfüllt, außerdem war Ebbe. Ihr stockte das Herz, als sie auf der Terrasse der Strandbar den Unbekannten bemerkte, den sie nicht mochte. Sie beobachtete ihn eine Weile und sagte sich dann, dass sie sich umsonst Sorgen gemacht hatte. Der Typ trank in aller Ruhe ein Bier und las Zeitung, vollkommen gleichgültig, eben im Urlaub. Sie zog ihr Kleid aus, schmierte sich mit Sonnencreme ein und legte sich auf ihr Badetuch. Die Augen geschlossen, hörte sie ihr Herz etwas zu schnell in ihren Ohren schlagen. Sie hörte die laute Stimme eines jungen Mädchens, das Eis und Beignets verkaufte, und ihr fiel ein, dass sie noch nichts gegessen hatte. Von der Sonne zu Boden gedrückt, stand sie etwas abrupt auf, wickelte sich das Badetuch um die Hüften und ging zur Bar, um ein Sandwich zu kaufen. Sie kam am Tisch des Unbekannten vorbei und starrte ihn an, um ihn in Verlegenheit zu bringen, damit er einen Fehler machte. Er verschränkte die Arme und grüßte sie. Völlig überrumpelt blickte sie ihn verächtlich an, wie sie es früher auf dem Laufsteg gemacht hatte, und bemerkte im Vorbeigehen, dass er für Einschüchterungsversuche unempfänglich zu sein schien. Es war das zweite Mal in zwei Tagen, dass man sie ignorierte. Das sollte mir zu denken geben, dachte sie, nicht wirklich beunruhigt. Der Mann trug ein weißes Hemd, einen gepflegten Kinnbart und ein brasilianisches Armband, Hinweise, die Maryline sich einprägte.

Sie kehrte zum Strand zurück, klemmte ihre Tasche als Kopfkissen unter ihren Kopf und aß ihr Sandwich. Sie spürte den Blick des Unbekannten in ihrem Rücken, während die Kinder sie streiften, die zwischen den Urlaubern Haken schlugen. Sie versuchte, an nichts zu denken, aber es gelang ihr nicht. Simon ging ihr nicht aus dem Kopf mit seinem breiten Schatten und seinen verletzenden Worten. Warum hatte sie ihm ihre Erinnerungen erzählt? Und warum hatte sie ein so düsteres Bild von ihrem New Yorker Leben gemalt? Warum hatte sie nichts von Williams unerschöpflicher Energie erzählt, von seiner Kunst des Verschwindens und des Beiseitesprechens, von Shelleys Versen, die er ihr in den Nachtklubs ins Ohr geflüstert hatte? Und das Geld, das von überallher floss, immer mehr, ohne dass sie gewusst hätten, wie viel genau und für wie lange. Ihr Leben mit William hatte eine luxuriöse Leichtigkeit gehabt, ein Kostümball, der nie zu Ende ging und auf dem jeder so schön wie möglich sein wollte. Aber sie hatte aus verschiedenen Gründen schon öfter die Phantasien zerstört, die man ihnen wie Startnummern von Siegerpferden umhängte. Simon gegenüber hatte sie es getan, um ihn vor einem verletzenden Glück zu schützen, doch sie war das Risiko eingegangen, wieder Hoffnungen in ihm zu wecken. Mit brennenden Schenkeln kehrte sie auf ihr Badetuch zurück. Welchen Anteil hat der andere an der Liebe, die wir für ihn empfinden?, fragte sie sich. War Simon nicht nur eine Erinnerung? Die Neuerfindung einer fast vergessenen Vergangenheit. Sie versuchte sich das Leben an seiner Seite vorzustellen, doch es kam nichts. Das war sicherlich kein Zufall. Sie hatten nichts gemeinsam gehabt als das Meer, ihre zur gleichen Zeit gestorbenen Mütter und ein wahnsinniges Verlangen nach dem anderen, das Simon für etwas anderes gehalten hatte. Was hatten sie schon gemacht, als stundenlang am Meer zu sitzen wie vor dem Fernseher und sich in den Buchten zu lieben?

Kühles Wasser schwappte über ihre Beine, sie richtete sich auf und bemerkte, dass der Strand fast leer war und das Meer mit Macht zurückkehrte. Sie fragte sich, ob sie geschlafen hatte, und bemerkte, dass der Unbekannte von der Terrasse verschwunden und das Pärchen gegangen war. In ihrer Tasche klingelte ihr Handy. Miss Merriman bat sie ganz aufgeregt, zum Casino zu kommen. Sie müsse ihr etwas sehr Wichtiges zeigen. Benommen von der Sonne und ihrem strapazierten

Gedächtnis, stieg Maryline auf ihr Fahrrad und fuhr zu ihrer alten Freundin.

Miss Merriman erwartete sie aufgeregt hin und her trippelnd. Maryline fragte sich, als sie sie unter ihrem Hut zittern sah, ob die Amerikanerin nicht allmählich ein bisschen gaga wurde.

»Kommen Sie«, sagte sie und fasste sie am Arm.

Maryline ließ sich führen, ohne zu bemerken, dass Miss Merriman vor dem Schaufenster des Antiquitätengeschäfts von Édouard Herr stehen blieb.

»Schauen Sie«, sagte die Amerikanerin und deutete mit dem Finger auf ein schwarzes Samtpolster.

»Na so was!«, sagte Maryline.

Sie erkannte sofort den Ring der Verchuerens.

»Ich habe weitere Modelle im Laden!«, flüsterte eine Stimme hinter ihnen. »Bitte, kommen Sie doch herein.«

Herr trat beiseite, um sie vorbeizulassen.

Marylines Gesicht verdüsterte sich. Sie wollte nicht in Herrs Laden, doch Miss Merriman schlug niemals eine Einladung aus.

»Sagen Sie«, fragte die alte Dame ohne Umschweife, »haben Sie diesen Ring schon lange?«

Herr betrachtete den Ring verblüfft.

»Nein. Er ist gerade erst hereingekommen. Ein sehr hübsches Stück. Es ist ein Tankring aus Platin, Gelbgold und Rotgold.« Er drehte den Ring um und hielt ihn Miss Merriman unter die Nase. »Die Garantiestempel – Adlerkopf und Maskaron, sehen Sie? Es ist alles da.«

Herr unterstrich seine Sätze mit einem hohlen Lachen. Maryline kannte dieses Lachen von Menschen, die sich chronisch unbehaglich fühlen. Es diente als Interpunktion und verwandelte sich manchmal in Husten, um zu variieren. Komma, Strichpunkt, Punkt. Es war ein Lachen, das die Verlegenheit kaschierte und alle anderen tyrannisierte.

Miss Merriman probierte den Verchueren-Ring unter dem besorgten Blick des Antiquitätenhändlers.

»Woher stammt er?«, fragte die Amerikanerin.

»Na ja, ich habe ihn gekauft …«

»Von einer Urlauberin«, ergänzte Miss Merriman, die ihre Zunge nicht mehr im Zaum halten konnte.

»Ja«, sagte Herr zögernd.

»Eine blonde Frau mit einer solchen Nase?« Sie nahm ihre Nase zwischen die Finger und deutete ihre Größe an.

Herr sah Maryline hilfesuchend an.

»Ja, vielleicht.«

»Madame Verchueren?«

»Ja.«

»War sie allein?« Miss Merriman ließ nicht locker.

»Ja, ich glaube. Ich verstehe nicht, worauf wollen Sie hinaus?«

Miss Merriman warf Maryline einen zufriedenen Blick zu.

»Sie ist ein Gast«, erklärte Maryline. »Ein kleines Problem, das wir geregelt haben.«

Herr schnitt eine Grimasse. Dann bot er ihnen eine Tasse Tee an. Miss Merriman akzeptierte sofort. Maryline sagte, sie habe nicht viel Zeit. Er bot ihnen zwei Sessel an, die zum Verkauf standen und denen glichen, die sie bei ihm zu Hause gesehen hatte. Miss Merriman legte ihren Strohhut auf ihre Knie und seufzte wie eine glückliche junge Frau.

»Sie haben sehr schöne Bilder«, sagte sie. »Ich bin stets auf der Suche nach hübschen Dingen für mein Haus in Boston.«

Wenn die Umstände es erforderten, konnte Rebecca Merriman sich innerhalb weniger Sekunden in die versnobteste Frau der Welt verwandeln.

Herr war gezwungen, der alten Dame zuzuhören, wie sie von ihren jüngsten Bilderkäufen erzählte, und sein Gesicht erstarrte zu einer Maske der Liebenswürdigkeit, äußeres Zeichen seiner überstrapazierten Geduld. In kurzen Abständen blickte er immer wieder zu Maryline.

»Wir haben sehr schöne Museen in den Vereinigten Staaten«, sagte Miss Merriman.

»Ich gehe nicht mehr ins Museum«, erwiderte der Antiquitätenhändler ausschließlich an Maryline gewandt. »Ich ertrage die Leute und ihren Lärm nicht. Museen ähneln Tiefgaragen, sie klingen wie Tiefgaragen. Andere sind geneigt und zwingen einen zum Laufschritt. Sie sind gemacht für diese Horden, die Kamerafahrten mit ihren Handys machen. Eines Tages wird es Laufbänder geben, damit man noch schneller vorankommt.«

Maryline spürte, dass Miss Merriman fassungslos ihren Blick suchte. Herr wirkte, als wäre er selbst auf ein gestörtes Laufband geraten, das auf beunruhigende Weise immer schneller wurde.

»Man hat nur noch in Klöstern und Abteien seine Ruhe«, fuhr er fort. »Sobald man seine Eintrittskarte bezahlt hat, begegnet man niemandem mehr. Man hat den Ort ganz für sich.« Er lachte. »Heute werden in den Kaufhäusern Wachleute angestellt, um Cremetöpfe zu bewachen. Ein tausend Jahre altes Flachrelief oder eine wunderschöne liegende Figur sind weniger wert als ein bunter Fetzen, der nächstes Jahr schon aus der Mode ist.«

Miss Merriman schluckte leise, und längeres Schweigen

trat ein. Maryline fiel Williams Bemerkung über Herrs Verbitterung wieder ein. Die Verbitterung ist eine Panne, dachte sie bei sich. Die Verbitterung ist wie das Auf-der-Stelle-Treten der Träume. Man läuft unermüdlich auf demselben Zentimeter herum und zerkratzt mit dem Absatz einen erschöpften Boden. Sie hatte große Angst gehabt, dass William nach seiner Abreise aus den Vereinigten Staaten verbittert sein würde, aber das war er nicht gewesen. Sie hätte es nicht ertragen. Die Verbitterung und die damit einhergehende Melancholie gibt den Menschen ein Gefühl von Ungerechtigkeit, das sie verrückt macht, dachte Maryline. Dann müssen sie alle anderen überzeugen, wie viel besser die Vergangenheit doch war, denn sie waren darin allein, und das war unerträglich. Aber verbittert oder nicht, sagte sie sich, William pfiff darauf, mit seinen alten Trophäen im Zwiegespräch zu bleiben.

Maryline hörte Herrs Monolog neugierig zu. Das bequeme Etikett des Neureichen, das sie ihm aufgeklebt hatte, der pauschale Snobismus und die übliche Verachtung waren Abkürzungen, mit denen sie sich nicht mehr zufriedengeben konnte. Außerdem war sie überzeugt, dass Herr Elyne Folenfant getötet hatte, und dieses Gefühl quälte sie. Sie hatte keine Ahnung, wie und warum, und vermutlich würde sie die Antwort nie erfahren, jetzt, da Simon den Fall nicht weiterverfolgte, aber etwas in ihr brannte, sobald sie darüber nachdachte. Sie fragte sich, ob Herr manchmal Sex hatte und mit wem. Um eine Frau, die keinen Sex hat, macht man nicht viel Aufhebens, dachte sie, während man einen Mann, der keinen Sex hat, für krank hält.

»Ich mag es, wenn die Zeit und die Umstände für mich handeln und mich erhören«, sagte er. »Ich bin sehr geduldig.«

Maryline hatte den Faden verloren und konzentrierte sich wieder auf das Gespräch. Miss Merriman kam offensichtlich nicht mehr so ganz mit.

»Haben Sie bemerkt, dass es fast unmöglich ist, Zähne zu malen?«, fragte die alte Dame, während sie das kleine Porträt eines lachenden Kindes betrachtete.

»In der Tat«, erwiderte Herr. »Manchen gelingt es. Ich denke da zum Beispiel an Vigée-Lebrun.«

»Ach ja?«, sagte Miss Merriman, die offensichtlich noch nie von ihr gehört hatte.

Maryline blickte demonstrativ auf ihre Uhr. Eine unbestimmte Panik ergriff Herr, der sogleich fortfuhr.

»Man hat eines Tages gegen die Tyrannei des Schönen aufbegehrt«, sagte er mit wiegendem Kopf. »Aber die Hässlichkeit, Madame, ist ebenfalls eine Tyrannei, und sie ist unermesslich.« Miss Merriman nickte. »Warum hat man eines Tages angefangen, der Schönheit zu misstrauen, als wäre sie ein gefährliches Schlafmittel?« Miss Merriman wirkte jetzt verloren wie eine Schülerin, die ihre Lektion nicht gelernt hat. »Das alles betrübt mich«, fügte Herr hinzu. »Diese Denksportaufgabe tut mir weh. Ich sehe mich in der demütigenden Rolle von Apollinaires Bürger, der angesichts der Bilder von Cézanne oder Degas dämlich lacht. Das ist ein sehr unangenehmes Gefühl, verstehen Sie.«

Miss Merriman wusste nicht, was sie dazu sagen sollte, und Maryline ließ den Fisch in seinem Aquarium im Kreis schwimmen.

»Im Grunde«, seufzte er, »ist die Welt so gemacht, und es ist ganz gut, dass man sie schließlich ohne Bedauern verlässt, weil sie uns immer merkwürdiger vorkommt und uns fremd geworden ist. Die Kinder gehen in genau dem Moment, in dem sie gehen müssen, und wir mögen es nicht, wenn unsere Körper nicht mehr vorzeigbar sind.«

Miss Merriman machte riesengroße Augen, und Maryline musste unwillkürlich lachen.

Herr stand abrupt auf. Die beiden Frauen folgten ihm zur Ladentür.

»Nun ja, ich verliere nicht die Hoffnung«, sagte er lachend und öffnete die Tür des Antiquitätengeschäfts. »Es gibt nur die Farben und den Tod, gegen die wir machtlos sind, nicht wahr? Kommen Sie morgen wieder«, sagte er zu Miss Merriman, »ich habe gerade zwei sehr schöne Seestücke hereinbekommen, die Ihnen gefallen könnten.«

Miss Merriman begleitete Maryline zu ihrem Fahrrad.

»Crazy or not crazy?«, fragte die Amerikanerin und setzte vorsichtig ihren Hut auf die Dauerwelle.

»Ich habe keine Ahnung«, erwiderte Maryline.

Sie hütete sich, ihre Abneigung gegen diesen schwer durchschaubaren Mann zu gestehen, zu dem sie sich gleichzeitig hingezogen fühlte. Er war verzweifelt, und Maryline mochte verzweifelte Männer. William war verzweifelt, Simon war verzweifelt, und Herr war ebenfalls verzweifelt.

Maryline stieg auf ihr Fahrrad und ließ Miss Merriman mit ihrem Schrittmesser am Handgelenk und der Energie eines Privatdetektivs allein nach Hause gehen. Vielleicht hatte die Verchueren ihren Mann verlassen und machte sich just in diesem Augenblick eine schöne Zeit mit dem Geld, das der Verkauf des Rings ihr eingebracht hatte. Und das war ein erfreulicher Gedanke.

Als sie Ker Annette erreichte, sah Maryline, dass ihr Nachbar Dominique Rival ihr hinter seinem Tor diskret Zeichen machte.

»Hast du eine Minute?«, fragte er sie.

Maryline folgte ihm zum Haus. Rival war der unglückliche Besitzer der hässlichsten Villa an der wilden Küste, ein Würfel ohne Dach, der aussah wie die Esso-Tankstellen an der Nationale 7 in den sechziger Jahren, ein Unfall aus Stahlbeton am Zöllnerweg.

Er rückte ihr in der Küche einen Stuhl zurecht und fegte wie eine Handvoll Krümel die Katze vom Tisch. Maryline dachte amüsiert an William, den die bretonischen Inneneinrichtungen deprimierten. Das rustikale Mobiliar war ihm ein Graus, aber die Vorliebe der jungen Generation für den »Öffentliches-Krankenhaus-Stil«, wie er sagte, der ihm das Blut in den Adern gefrieren ließ, ertrug er ebenso wenig. Die Einrichtung von Rivals Esso-Tankstelle war von subtiler rustikaler Scheußlichkeit, getaucht in Neonlicht. Der gewaltige Schrank, aus dem Rival zwei Tassen nahm, war ein Musterbeispiel.

»Könntest du uns allein lassen«, bat er seinen Sohn, der sich in der Nähe herumtrieb.

Erwan Rival verließ die Küche nur widerwillig, während sein Vater den Kaffee servierte.

»Salut, Erwan!«, sagte Maryline in dem etwas männlichen Ton, den sie ihm gegenüber anzuschlagen pflegte.

Erwans IQ war ein gut gehütetes Geheimnis. Man schrieb die Menge belanglosen Blödsinns, den er in der Nachbarschaft anstellte, der »Langeweile der kleinen Provinzstädte« zu. Abgesehen von seinem Hang, sein Radio am Strand neben entnervten Urlaubern plärren zu lassen, stahl er ein bisschen und belästigte die Mädchen, und das war heikel, denn er war riesig und hatte Hände wie Klodeckel. Außerdem rauchte er Shit, der in seinem unaufgeräumten Kopf verheerende Wirkungen hatte. Im vorigen Sommer war er in beunruhigender Weise auf eine junge Frau fixiert gewesen, die bei Maryline gewohnt hatte, hatte sie vom Fenster seines Zimmers aus beobachtet und sie bedrängt, sobald sie Ker Annette verließ. Das Mädchen hatte mit seiner Mutter gesprochen, die die Polizei verständigen wollte. Maryline und Rival, ehemalige Klassenkameraden, hatten sich gegen den Stalker verbündet und die Angelegenheit mit äußerster Behutsamkeit geregelt. Maryline war es gelungen, die Mutter zu überzeugen, auf ihre Anzeige zu verzichten, und Rival hatte Erwan im Segelklub angemeldet, um ihn bis zum Ferienende auf andere Gedanken zu bringen. Das Leben war weitergegangen, und man hatte ein paar sehr angespannte Tage lang den Atem angehalten. Maryline und Rival grüßten sich weiterhin aus der Ferne, beide bereichert durch einen von nun an unerschütterlichen gegenseitigen Respekt.

»Schwartz war vorhin hier«, sagte Rival.

Als sie Simons Namen hörte, hatte Maryline das Gefühl, der Stuhl würde ihr weggezogen.

»Was wollte er von dir?«, fragte sie.

»Er hat mir Fragen zu dem Mädchen am Strand gestellt.«

»Ach ja? Ich dachte, die Ermittlungen wären abgeschlossen, es wäre ein Unfall gewesen.«

»Den Eindruck hatte ich nicht«, fuhr Rival fort und spielte nervös mit seinem Feuerzeug.

Zwei unausgesprochene Dinge machten die Unterhaltung schwierig. Maryline fiel es schwer, Erwan zur Sprache zu bringen, und Rival, der mit Maryline und Simon zur Schule gegangen war, wusste, dass sie etwas miteinander gehabt hatten.

»Was denkst du über all das?«, fragte er sie.

Maryline begriff, dass sie die Dinge aufklären musste, zumindest, was Simon betraf.

»Ich weiß nicht, was für ein Spiel er spielt. Mir hat er eindeutig gesagt, dass William nicht verdächtigt wird. Ansonsten weiß ich nicht viel.«

Rival blickte beunruhigt durch das Fenster.

»Ich konnte ihm nicht bestätigen, dass Erwan zu dem Zeitpunkt, als das Mädchen ertrunken ist, in seinem Bett war«, sagte er.

Rival wirkte mutlos. Maryline versuchte ihn zu beruhigen, wiederholte, was Simon über den Leichnam gesagt hatte. Die Frau schien ertrunken und kein Mordopfer zu sein.

»Hat er Erwan vernommen?«

»Ja!«, erwiderte Rival leicht schockiert.

Rival wurde regelmäßig damit konfrontiert, dass sein Sohn für schwachsinnig gehalten wurde. Simon hatte mit Erwan von Mann zu Mann gesprochen, wofür Rival ihm dankbar war.

»Sie sind in sein Zimmer gegangen«, fuhr er fort. »Mehr weiß ich nicht, der Junge will mir nichts sagen.«

»Glaubst du, dass er draußen war?«, fragte Maryline.

Rival dachte lange nach, den Blick nach innen gerichtet und in seiner persönlichen Tragödie versunken.

»Wenn er nicht draußen ist, sitzt er am Fenster mit seinem Fernglas. Vielleicht hat er etwas gesehen, und deswegen hat Schwartz ihn ausgequetscht.«

Maryline seufzte.

»Mach dir deswegen keine Sorgen«, sagte sie sanft.

Die Katze war auf ihren Platz auf dem Untersetzer mitten auf dem Tisch zurückgekehrt.

»Nein, Simon ermittelt gegen alle, so ist das nun mal. Du wohnst auch nur ein paar Schritte von der Bucht entfernt.« Rival wirkte nicht überzeugt. »Wusstest du, dass er Bulle ist?«, fragte Maryline und stand auf.

»Ja«, erwiderte er, ihrem Blick ausweichend.

Maryline und Rival verabschiedeten sich sehr rasch und ein wenig ungeschickt auf der Türschwelle. Rival hatte wirklich sein Kreuz zu tragen, wie Annick zu sagen pflegte, die von der Küche aus eine unverbaubare Sicht auf die Tankstelle hatte. Und damit hatte sie sicher nicht unrecht. Rival war verantwortlich für die Liegeplätze im Jachthafen, und an seiner Tür hing nach wie vor ein Schild mit der Aufschrift »Vorsicht, bissiger Hund«, obwohl der Hund bereits vor Jahren gestorben war. Seit seine Frau ihn verlassen hatte, um woanders ein neues Leben zu führen, lebte er allein mit seinem Sohn. Und Maryline fragte sich oft, wie es bei ihrem Nachbarn wohl um die Liebe bestellt war.

5

Etwas weiter entfernt saß Simon in seinem Wagen und beobachtete, wie Maryline Rivals Haus verließ und die Straße überquerte. Er wartete einen Augenblick, bevor er in die Bucht hinunterstieg, aus der die letzten Urlauber kamen. Es war Flut, und der Strand war auf sein Minimum reduziert. Simon ließ sich erschöpft in den Sand sinken. Er hatte nur zwei oder drei Stunden geschlafen, seit er Maryline wiedergesehen hatte. Der Schock war so heftig gewesen, dass jede Minute für ihn zu einem Spektakel geworden war und sich in seinem Kopf alles drehte. Er entwarf verrückte Szenarien, gespeist von einer Vielzahl kostbarer und präziser Erinnerungen, Maryline erschien ihm abwechselnd als Zwanzig-, Zehn-, Fünfzig- oder Dreißigjährige. Er hörte das Läuten der Glocken, sieben Uhr an einem Sommerabend. Simon liebte Klänge am Meer, denen eine besondere Aufregung anhaftete und die, vom Wind getragen, ihre dringende Nachricht überall dort verbreiteten, wo sie eindringen konnten. Der Wind hatte ihn zurückgeholt, sagte er, nach fünfzehn Jahren in Straßburg ohne Meer und ohne Gerüche, der Wind, der die Emotionen mit sich trägt und unseren Sinnen zusetzt, um sie wach zu halten. Er atmete tief durch und kauerte sich neben die Trümmer einer komplizierten Sandburg, die unvollendet geblieben oder von einem

Eifersüchtigen zerstört worden war. Zwei Radfahrer aus Plastik waren auf dem Wehrgang des mittelalterlichen Bauwerks vergessen worden. Er steckte sie in seine Tasche.

Aus dem Haus über der Bucht drangen Klangfetzen von Williams elektrischer Gitarre zu ihm, die er als Warnung verstand, als Befehl, woanders zu suchen. Simon warf eine Handvoll Sand auf ein durchsichtiges Krabbenbaby. Das Wetter änderte sich, und die Wolken zogen am Himmel eilig von links nach rechts. Simon streckte sich im Sand aus, legte die Hände auf seinen Bauch und schloss die Augen.

Seit zwanzig Jahren dachte er fast täglich an sie, und das Bild, das so gut wie immer als Erstes auftauchte, war Maryline auf dieser Kirchenbank, wo er sie während ihrer ganzen Kindheit mit unfehlbarer Sicherheit stets angetroffen und leicht berührt hatte. Marylines Vater, Arzt des Seebads, und Simons Vater, Mathematiklehrer am Collège, spielten zusammen Orgel und Bombarde. An jedem ersten Donnerstag im Monat spielten sie in der Kirche ein immergleiches beschränktes Repertoire von Werken für dieses erstaunliche bretonische Duo. Als Kinder waren Maryline und Simon zuerst gezwungenermaßen hingegangen, dann, um ihren alten exzentrischen Vätern, die nie wieder geheiratet hatten, eine Freude zu machen, und noch später dann, weil sie gelernt hatten, die Musik zu mögen. Maryline und Simon waren in der Bretagne geboren worden, das Meer floss in ihren Adern, das Salz hatte ihre Haut endgültig gebleicht, und sie rochen das ganze Jahr über nach nassem Hund. Sie würden dort sterben, das stand fest, und das war alles, woran die bretonischen Lieder in der von höllischem Sturm und Regen gepeitschten Kirche sie erinnerten. Simon glaubte damals aus Eigennutz an Gott, und beim Anblick der brennenden Kerzen wurde ihm warm. Er erinnerte sich an die heilige Lucia auf ihrem Kirchenfenster, die ihn, wie es schien, zu ihm geneigt mitfühlend anblickte, ein Vorzeichen für seinen möglichen Erfolg bei Maryline. Auf der anderen Seite des Kirchenschiffs hielt der heilige Petrus auf seiner Wolke sein umgekehrtes Kreuz fest und schmetterte ihn aus männlicher Höhe nieder. Der schrille Schrei der Bombarde flog über den Altar, zerriss die Herzen, hüllte die alten Liebhaber in einen verzauberten mittelalterlichen Schleier und ließ den hölzernen Fischkutter, der im Kirchenschiff hing, schlingern. Das Instrument schien Simons wahnsinnige Liebe für Maryline herauszuschreien, für Maryline, die so nah und so fern war, und deren ruhigen Atem er an seinem Ohr wie eine nur für ihn bestimmte vertrauliche Mitteilung aufnahm.

Maryline hatte nicht mit ihm gespielt, davon war Simon überzeugt. Sie hatte einfach immer woanders zu tun gehabt, und deshalb musste er es so einrichten, dass er dort war, wo sie hinging, sie betrachten konnte und Bilder von ihr mitnahm, die er sammelte. In der ruhigen, menschenleeren Bucht ließ er sie wie eine Diashow vor seinen Augen vorbeiziehen. Maryline, die schallend lachte und sich die Hand vor den Mund hielt, um eine allzu sichtbare Freude zu verbergen, Maryline in einer Reihe mit ihren Klassenkameraden im Schulhof, größer als die anderen, das Haar voller Schleifen, seit ihre Mutter tot war, Maryline, die auf dem Asphalt vor Ker Annette Rollschuh lief, während er auf der Bordsteinkante saß und stundenlang zuschaute, wie sie dahinglitt, linkes Bein, rechtes Bein, linkes Bein. Sie ließ ihn ohne Boshaftigkeit und Niedertracht warten. Und er, Weltmeister im Leiden, verlangte immer noch mehr.

Als er zum ersten Mal mit ihr geschlafen hatte, hatte er gespürt, wie in seinem Schädel etwas zerbrochen war, eine sehr alte Anspannung, ausgelöst durch seine Zuneigung zu Maryline, die sie nun beseitigt hatte. Tagelang hatte Simon das Gefühl gehabt zu schwanken, und dann hatte das Leben eine andere Gestalt angenommen, Maryline war nicht mehr diejenige, die er begehrte, sondern diejenige, die er behalten musste. Diesen Kampf hatte er verloren, worunter er nach zwanzig Jahren immer noch litt wie ein Hund. Als er sie in Ker Annette mit William und Georgia gesehen hatte, war dieses schreckliche Gefühl der Zurückweisung wieder in ihm wach geworden, das ihn jede ernsthafte Beziehung seit zwanzig Jahren hatte ablehnen lassen. Und selbst wenn Maryline sich nach so einem Leben gesehnt zu haben schien, hatte sie einen anderen dafür gewählt. Simon drehte sich auf die Seite, ballte die Fäuste und biss die Zähne zusammen. Er war es müde zu leben, immer an das Gleiche zu denken. Er rollte sich auf dem Sand zusammen, stöhnte vor Ohnmacht und Erschöpfung und war bereit, sofort zu sterben, damit der Schmerz aufhörte. In seiner Tasche klingelte das Handy. Er richtete sich auf und ging dran:

»Hallo, Simon, ich bin's, Maryline.«

Nach ihrem Besuch bei Rival stockte Maryline das Herz, als sie am Studio vorbeikam, und sie glaubte zu halluzinieren, als sie durch das Fenster die Gestalt des Unbekannten vom Strand erkannte. Sie öffnete die Studiotür, ohne zu klopfen, und begegnete dem Blick des Typen, der sehr real war und mit William und Flag Kuchen aß.

»Oh, honey!«, sagte William, in Topform, wie es schien. »Das ist Christophe.«

Der Typ machte sich nicht die Mühe aufzustehen, um Maryline zu begrüßen. Sie warf William einen fragenden Blick zu. Unfähig, ihre Überraschung zu verbergen, sah sie den zurückgebliebenen und schlaffen jungen Mann, der sich mit ihrem Kuchen vollstopfte, eindringlich an. Noch so ein Scheißschmarotzer, dachte sie, kurz davor zu explodieren. Kaum drehte sie William den Rücken zu, kaum ließ ihre Aufmerksamkeit für einen Augenblick nach, und schon setzten solche unverschämten Kerle den Fuß in die Tür. Vielleicht war es wieder so ein Journalist auf der Suche nach einer guten Story. Was hatte William nur geritten, ihn in sein Studio zu lassen?

Sie konnte sich wirklich nur wundern, denn William hatte Journalisten seit eh und je gehasst. Vor allem jene, die ihn zu Hause heimsuchten, um seine Erinnerungen aufzusaugen. Es verging kein Monat, ohne dass einer dieser Typen anrief oder vorbeikam, Maryline wimmelte sie grundsätzlich ab. William fand auch die Memoiren der Musiker seiner Generation peinlich, meist geschrieben von »pingeligen Pseudohistorikern«, wie er sagte, die einer Epoche ihre persönliche Sicht aufdrängten, obwohl sie zu jung waren, um sie selbst erlebt zu haben. William verglich sie mit Hausmeistern, die alles über alle wussten, Klatsch verbreiteten und meist den größten Blödsinn erzählten. Es amüsierte sie, sagte William bitter, dass jemand auf dem Klo eines Nachtklubs in L. A. an einer Überdosis krepiert war, und es erregte sie, dass es unter dem Graffito »get high« geschehen war. »Diese Blutsauger«, jedenfalls die, die es sich erlauben konnten, fügte er hinzu, lebten mit Klonen von Marianne Faithful oder Courtney Love und hüteten sich, an einer Überdosis zu sterben. Aber da sie mitunter beeindruckend gut informiert waren, fragte William sich, wie sie das eigentlich anstellten. Diese Typen, die in den Dünen auf der Suche nach

William herumschnüffelten, kannten alle Songs auswendig, seine und die der anderen, die Tourdaten, die Orte, die Raubpressungen, wie übereifrige Finanzbeamte oder Notare, sagte Flag, der ihnen gleichwohl ein bisschen ähnelte. Sie kannten die Geschwindigkeit, die der Tacho vor dem endgültigen Zerquetschtwerden unter einem Zehntonner angezeigt hatte, die Marken der Klamotten, die Drogen, die Geburtstage der Kinder, die Prozesse, die Ehebrüche. Verrückt und zwanghaft wie Sammler von Panini-Sammelbildchen, fügte Flag hinzu, der sein Totem nicht gern teilte.

Besagter Flag hockte mit saurem Gesicht auf dem Sofa. Er sah Maryline an, ein Rettungsring, an den er sich klammerte, denn auch er schien Williams Sinneswandel nicht zu verstehen.

»Kann ich dich eine Sekunde sprechen?«, fragte Maryline.

Sie verließ das Studio. William folgte ihr kurz darauf. Er flüsterte Maryline, die Lennon fast ebenso sehr hasste wie er, ein albernes *give peace a chance* ins Ohr.

»Kannst du mir das bitte erklären?«, fragte sie ihn.

»Yes, honey. I can.« William lächelte freundlich. »Christophe ist ein Freund von Harvey. Ich habe mich gefreut, von ihm zu hören.«

»Du verarschst mich.«

»Überhaupt nicht. Wusstest du, dass Harvey transsexuell geworden ist?«

»Hat dieser Typ dir das gesagt?«

»Ja, er ist ihm letztes Jahr in einer Bar in L. A. begegnet.«

»Harvey? Transsexuell?«, fragte Maryline.

Harvey war der zweite und letzte Schlagzeuger in Williams Band gewesen, ein richtiger Schrank, den man sich nur schwer in Frauenkleidern und mit Brüsten vorstellen konnte.

»Also wirklich, William, ich verstehe dich nicht. Was ist plötzlich mit dir los?«

William strich eine Strähne von Marylines Wange und fuhr mit einem Finger über ihren Mund.

»One day, Maryline, one day, you'll have to stop worrying. I'm a big boy now.«

Ohne weitere Umschweife kehrte er ins Studio zurück. Maryline blieb verdutzt einen Augenblick vor der Tür stehen. Als sie über die Allee zum Haus ging, traf sie auf Osamo, der die Hortensien goss. Der düstere Schleier zerriss ein wenig über dieser Oase der Ruhe, die eine Spezialität des Japaners zu sein schien. Maryline ging zu ihm.

»Wenn Sie meinen Garten gießen, Osamo, dann gießen Sie wirklich meinen Garten«, sagte sie lächelnd. »Mir scheint, dass Sie niemals mehr als eine Sache auf einmal tun.« Osamo lachte. Ohne nachzudenken streichelte sie sanft seinen Arm. Dieser Mann weckte in einem den Wunsch, ihn wie ein Amulett zu berühren. »Haben Sie meine Tochter gesehen?«, fragte sie und ging weiter zur Außentreppe.

Osamos Antwort verlor sich im Garten. Maryline begegnete Georgia beim Mülleimer in der Küche, in den sie Abfälle kippte, die aus ihrem Zimmer zu stammen schienen.

»Ich räume mein Zimmer auf«, sagte sie in freundlichem Ton, der von vornherein jedem Kommentar den Wind aus den Segeln nahm.

Nach Williams Anspielungen auf ihre Beschützerrolle verwirrte das ungewöhnliche Verhalten ihrer Tochter sie vollends. Noch nie hatte sie Georgia ihre postatomare Umgebung aufräumen sehen.

Maryline zog sich in ihr Zimmer zurück mit dem Gefühl,

dass die Dinge zwar eine eigenartige Wendung nahmen, aber möglicherweise auch sehr gut ohne sie liefen. Sie war darüber nicht traurig, empfand lediglich ein unbestimmtes Gefühl der Nutzlosigkeit. Seit ihrer Rückkehr fummelte sie in der Jackentasche an ihrem Handy. Es verbrannte ihr die Finger. Sie wollte widerstehen und presste die Handflächen auf ihre geschlossenen Augen. Sie redete sich ein, dass sie die Wahl hatte, dass es eine Alternative gab, und nahm sich fest vor, das Für und Wider sorgsam abzuwägen, doch eine Stunde später war ihr Kopf noch immer leer.

Sie stand auf und tippte Simons Nummer.

»Hallo, Simon, ich bin's, Maryline.«

Simon war bereits da. Sie erkannte von oben seine helle Jacke vor dem dunklen Hintergrund der Bucht, ihrer »Sommerbucht«, etwas weiter entfernt an der Küste, wo sie sich früher getroffen hatten, weil sie gut versteckt lag und von den Urlaubern gemieden wurde, die sie beunruhigend fanden. Maryline rannte den Abhang zum Strand hinunter.

Simon zitterte, er war schrecklich unruhig, als er Maryline wie ein unbekümmertes Mädchen auf sich zukommen sah. Er durfte nicht nachdenken, er wusste es, er versuchte es, seit sie ihn angerufen hatte, doch man löscht nicht einfach mit einer Handbewegung die Grübeleien von zwanzig Jahren aus. Maryline spürte wohl seine Unruhe, denn sie bremste ein paar Zentimeter vor ihm ab und wartete, dass die Ampel auf Grün schaltete. In diesem Augenblick kehrte dieses absolute Vertrauen zwischen ihnen zurück, das niemals stirbt, ein geheimes Wunder, innerhalb von Sekunden waren ihre Körper wieder aufeinander eingestellt. Simon näherte sich Maryline und drückte sie an sich. Sie roch nach nassem Hund, und er weinte darüber an ihrer Schulter. Sie wollten einander tragen und fielen in den Sand, ungeschickt wie Kinder, die die Erwachsenen nachahmen. Die Gefühle konnten nicht mehr verborgen werden, und jeder sah die Panik im Blick des anderen. Das Schlimmste nahm seinen Lauf, wie sie es ganz offensichtlich seit zwei Jahrzehnten plus minus ein, zwei Jahre erwartet hatten.

Simon streckte sich auf dem Sand aus, und Maryline legte sich behutsam auf seinen Körper. Er zitterte nicht mehr, sondern weinte ganz unverhohlen, während er ihr in die Augen blickte. Bei jedem Atemzug unterdrückte Maryline einen Schrei, einen Urschrei der Liebe für diesen unglücklichen Mann, den sie so schnöde verlassen hatte. Ihm gehörte ihre Jugend, er wusste alles, was sie vergessen hatte, er trug ihre Jungmädchenseele in sich und ihren verlorenen Elan. Simons Körper unter sich, spürte sie, dass sie ihm immer gehört hatte, ohne es zu wissen. Lange lagen sie so aufeinander, unfähig, sich zu bewegen. Umschlungen wie Verzweifelte auf einem behelfsmäßigen Floß, frierend und krank von ihren starken Gefühlen, erwartete jeder vom anderen, was er selber nur zu gern getan hätte, wozu ihm aber die Kraft fehlte. Plötzlich gequält von der Angst, sie erneut zu verlieren, nahm Simon Marylines Gesicht in seine Hände und küsste sie mit manischer Gründlichkeit, mit der Raserei eines Besessenen. Maryline schloss die Augen und rief stumm nach diesem Körper, den sie begehrte, den sie mehr als alles andere liebte. Sie richtete sich auf, ohne den Blick von ihm zu wenden, tastete nach seinem Gürtel und öffnete ihn.

»Warte«, flüsterte Simon und wandte den Blick ab, als würde er um eine Pause während der Folter flehen.

Lange Sekunden lotete Maryline Simons Leiden aus, für das ausschließlich sie die Verantwortung trug. Zwanzig Jahre hatte er damit gelebt, während sie ihr Leben damit verbracht hatte, niemals an ihn zu denken. Das war ein furchtbares Gefühl. Sie betrachtete sein Profil in der Nacht, seine blauen Augen, die anderswohin blickten. Sie spürte unter ihrem Bauch den von Simon, fühlte ein Pochen und seine starken Beine an ihren. Eine grenzenlose Traurigkeit packte sie, ein heftiges Mitgefühl, ein furchtbares Verlangen, alles wiedergutzumachen.

»Entschuldigung, Simon! Entschuldigung!«, rief sie und zwang ihn, sie anzusehen. »Ich hatte keine Ahnung.«

Simon erkannte in Marylines Blick dieses Zittern, wenn Kriminelle sich ihrer Tat plötzlich bewusst werden, ein Schleier des Entsetzens, der sich vor ihre Augen schiebt und sie vorübergehend von der Welt trennt.

»Erinnerst du dich«, sagte Simon leise und streichelte Marylines Wange. »Erinnerst du dich an meine Mutter, die immer sagte, sie bedauere, dass du nicht ihre Tochter seist? Ich verstand damals nicht, warum sie das sagte. Als ich dich vorhin zum Strand herunterkommen sah, habe ich es verstanden. Unsere Erinnerungen sind die von Geschwistern, Maryline, und sie sind ganz wunderbar. Die Sehnsucht hat mich ein bisschen vergiftet, sie hat mich aus meinem eigenen Leben verschwinden lassen, ich habe jahrelang für dich gelebt. Ich wollte es nicht anders, Maryline, ich wollte es, und ich bin dir deswegen nie böse gewesen. Ich bin ein Einzelgänger, und dein Nicht-Dasein kam mir ganz gelegen.«

Maryline streichelte langsam Simons Wange. Sie glaubte ihm kein Wort. Sie kannte seinen Stolz, seine als Schmollen getarnte Ungeduld, seine gespielte Gleichgültigkeit, wenn sie mit anderen ausgegangen war. Simon war furchterregend und verletzlich. Er hatte die ganze Zeit durchgehalten, eigensinnig und trotzig, bei den anderen die Liebe wahrnehmend, die er mit ihr nicht hatte machen wollen. Ein richtiger Schlamassel, eine Katastrophe, und sie wussten es alle beide.

Simon lachte jetzt sein Lachen von damals, gewaltig und voller Energie. Er schob Marylines Rock hoch und drang in sie ein, ohne sie aus den Augen zu lassen. Er wollte ihre Lust sehen, ihrer sicher sein. Simon, der von seinen Erinnerungen gelebt hatte, kannte die Bedeutung des Augenblicks, den man später immer wieder erlebt. Und dieser Augenblick durfte niemals verschwinden, er musste jeden Millimeter und jede Mikrosekunde davon fotografieren und auf Marylines Gesicht die Spuren der Lust aufzeichnen, die er ihr verschaffte. Doch Maryline holte ihn ins Hier und Jetzt, und Simon vergaß sein Bedürfnis zu horten und akzeptierte, einfach nur da zu sein. Er spürte eine gewaltige Welle, die vom Bauch zum Herzen emporstieg und die die perfekte Definition des Glücks sein musste, wenn es ebenso wild geschenkt wie empfangen wird. Er war mit Leib und Seele eins mit Maryline, verkaufte seinen Kummer teuer dem Teufel. Sie kamen gemeinsam und blieben dann lange umschlungen auf dem kleinen menschenleeren Strand.

Nach und nach kehrte das Leben wieder in sie zurück, Maryline fröstelte, und Simon blickte woanders hin, plötzlich benommen von einer schwindelerregenden Traurigkeit. Maryline lag da neben ihm. Sie war über vierzig, sie war schön, und er wusste nicht, was er mit dieser Frau machen sollte, der er einen persönlichen Altar geweiht hatte und einen Kult in einem Winkel seines Kopfs, in den nie jemand geschaut hatte.

Maryline spürte Simons Verlegenheit und legte eine Hand auf sein Herz.

»Ich kann dir nichts bieten, Maryline«, sagte er leise. »Ich habe kein Geld, kein Haus, nur ein Segelboot, das in einem Schuppen verrottet, und jede Menge Kindheitserinnerungen.«

»Und das«, sagte Maryline und legte einen der Radfahrer aus Plastik auf seinen Bauch, der aus Simons Tasche gefallen war.

Simon lächelte und ließ den Radfahrer um Marylines Bauchnabel kreisen.

»Einmal«, fuhr er fort, »hast du mir gesagt, dass du stundenlang auf deinem Sofa sitzen und an jemanden denken kannst.«

»Ach ja?«, sagte Maryline überrascht und lächelte.

»Ich glaube, an dem Tag habe ich mein Leben endgültig mit deinem verbunden. Ich dachte nicht mehr an mich, ich stellte mir nicht vor, dass du stundenlang an mich denken würdest, aber ich bin verrückt nach deinen Träumereien geworden.«

»Du hast mehr Erinnerungen an mich als ich, Simon. Als ich nach Frankreich zurückkam, dachte ich, alles würde wiederkommen, aber es kam nichts wieder. Fetzen von Empfindungen, unbestimmte, enttäuschende Bilder. Ich habe nicht deine Jugend gehabt, weiß du. Im Lebenslotto hast du mehr Glück gehabt als ich.«

Simon, auf einen Arm gestützt, spürte ihre frühere Vertrautheit wie einen außergewöhnlichen Balsam zurückkehren, diese leichte und einfache Sprache, die sie immer miteinander geteilt hatten. Maryline hatte tatsächlich kein Glück gehabt. Sie hatte eine Niete gezogen und eine traurige Familie mit einer Mutter abbekommen, die den Anforderungen des Lebens nicht gewachsen war. Er erinnerte sich an eine hässliche und von Allergien geplagte Frau, die sich unaufhörlich und wie besessen kratzte. Sie redete schlecht über jeden, und Maryline schämte sich für sie. Er sah Maryline wieder auf dem Friedhof, vor dem Grab, wie sie mit zusammengebissenen Zähnen die Beleidigungen gegen diese Frau zurückhielt, die ihre dicken Daumen in das zarte Fleisch ihrer Tochter gedrückt hatte, um sie nach ihrem schlechten Geschmack zu formen.

»Woran denkst du?«, fragte sie und ließ den kleinen Radfahrer über Simons Arm fahren.

»An deine Mutter.«

»Oh!«, sagte Maryline, als hätte sie sich verbrannt. »Weißt du, es lohnt sich nicht, an sie zu denken. Sie ist fortgegangen mit ihren Geheimnissen und ihrem Hass. Rühr nicht daran. Nicht heute Abend.«

Maryline erinnerte sich jetzt an Simons Haus, das für sie in ihrer Kindheit als Mittel gegen die Traurigkeit gewirkt hatte. Dort zirkulierte die Liebe in kleinen beruhigenden Zärtlichkeiten und kühlen Luftzügen. Man spürte sie im Vorbeigehen, ebenso leicht wie die Töne des Klaviers, auf dem seine Mutter vierhändig mit seinem Onkel spielte. Bei den Schwartz akzeptierte man problemlos die Verbote, da sie den Vergnügungen entsprachen, die einem gestattet wurden. Die Erwachsenen spielten Karten, und Maryline schaute hingerissen zu, wie die Erwachsenen sich amüsierten. Damals war sie in Simons Familie verliebt gewesen, nicht in Simon, er war für sie das Sesam-öffne-Dich zu diesem Haus, in dem sie ihr Leben verbringen wollte. Später, nach dem Tod seiner Mutter, hatte sie gelernt, ihn als eigenständige Person zu sehen.

»Ich habe immer noch Lust«, sagte sie und umschlang ihn.

Es fing an, in Strömen zu gießen, das Wasser peitschte Simons Rücken. Sie wussten genau, was sie da taten, als sie sich im strömenden Regen noch einmal liebten. Sie hatten eine unterschwellige Botschaft ausgetauscht, hatten in aller Eile eine Brücke zwischen Vergangenheit und Gegenwart errichtet. Was die Zukunft betraf, so wussten beide, dass sie einander nicht mehr verlassen würden.

Simon brachte Maryline bis zum Tor von Ker Annette. Der Regen schlug heftig gegen die Windschutzscheibe, und Maryline konnte nicht aussteigen. Sie betrachtete ihr Haus, das im Regen wellig aussah, und ihre Zukunft und das, was dort passierte, war ihr plötzlich gleichgültig. Es war ein unbekanntes Gefühl, gegen das sie nicht ankämpfen wollte.

Simon konnte erkennen, wie in Rivals Haus Erwans Fernglas hinter dem Fenster seines Zimmers reflektierte.

»Schau mal«, sagte er, »er beobachtet uns.«

»Warum bist du heute Nachmittag zu Rival gegangen?«, fragte sie.

»Ich habe Elyne Folenfants Handtasche geholt.«

»Was?«, rief Maryline.

»Erwan hatte sie in seinem Zimmer versteckt.«

»Hast du das gewusst?«

»Ich habe vermutet, dass Erwan in der Nähe war, als sie ertrank. Erwan ist immer in der Nähe. Er ist ein Spanner.«

»Aber …«

»Ich glaube nicht, dass er irgendetwas mit dieser Geschichte zu tun hat. Möglicherweise hat niemand etwas mit ihrem Tod zu tun. Er hat nur die Tasche geklaut und vergessen, seinem Vater Bescheid zu sagen, dass ein totes Mädchen auf dem Strand liegt. Er hat mir gesagt, er hätte gedacht, sie würde schlafen.«

»Glaubst du das?«

»Rebecca Merriman hat auch gesagt, dass sie geglaubt hätte, sie würde schlafen, als sie sie entdeckt hat. Warum sollte ich ihr eher glauben als Erwan?«

»Und was hast du in ihrer Tasche gefunden?«

»Die gleichen Antidepressiva, die man bei der Obduktion gefunden hat. Nichts Interessantes.«

»Du hast mir gesagt, du würdest den Fall abschließen«, sagte Maryline nach einer Pause.

»Es fühlt sich an, als wäre ich noch nicht fertig.« Er lachte müde. »Das Unfertige ist ein bisschen meine Spezialität.«

Sie drehte den Kopf zu ihm, überwältigt von der Traurigkeit, die Simons Stimme stocken ließ. Sie küsste ihn leidenschaftlich, wie man ein Gesicht bedeckt, um die Realitäten der Welt vor ihm zu verbergen.

Simon sah ihr nach, während sie die Allee entlangging, klatschnass und mit erhobenem Kopf. Maryline war immer noch die wunderschöne Frau, die er gekannt hatte, eine Frau, auf die man jahrzehntelang warten konnte, ohne je an der Absurdität eines solchen Unterfangens zu zweifeln. Er betrachtete die Beine, die langsam die Außentreppe hinaufstiegen, bevor sie im Haus verschwanden. Storchenbeine, dachte er lächelnd. So hatte man sie als Kind ständig gehänselt. Maryline hat Storchenbeine, Maryline hat Storchenbeine! Ihr war das egal gewesen, sie war weiter Rollschuh gelaufen im Regen, rechts, links, rechts, in seinem Traum.

Simon blieb noch einen Augenblick vor dem Tor im Auto sitzen. Erwan war zur gleichen Zeit vom Fenster verschwunden wie Maryline hinter der Eingangstür. Er holte den Radfahrer aus der Tasche und stellte ihn aufs Armaturenbrett. Der

Radfahrer in seinem roten Trikot mit der Startnummer 12 hatte Marylines Bauchnabel umkreist. Er war der Herausforderer. Und leider hatte man nicht eine Kopeke auf ihn gesetzt.

Ein paar Minuten später hielt wenige Meter entfernt ein Wagen an, aus dem William und ein blonder Typ stiegen, der Simon bekannt vorkam. William schüttelte ihm die Hand und rannte zum Haus. Der andere stieg wieder in den Wagen und fuhr weg. Simon wartete ein paar Augenblicke und folgte dann in gebührendem Abstand dem Peugeot 306.

6

Im Haus herrschte eine besondere Atmosphäre. Jedes Jahr an diesem Tag spürte Maryline eine Gedämpftheit der Geräusche, Absichten und Bewegungen. Man tat, als wäre es nicht ihr Geburtstag, doch in der Luft des frühen Morgens roch alles nach der Verschwörung, die sie, das gehörte zum Ritual, geflissentlich ignorieren musste. Miss Merriman fühlte sich plötzlich fiebrig und musste dringend nach Nantes zum Arzt, wo sie dann auch gleich Einkäufe mit Maryline machen konnte. Und Maryline musste das alles akzeptieren, als hätte sie an dem Tag nichts anderes vor. William tat so, als schliefe er, und aus Georgias Zimmer drangen geschäftige Geräusche. Nur Simon, im Abseits und nicht ins Vertrauen gezogen, schickte ihr schon um sieben Uhr morgens Glückwünsche zu ihrem Zweiundvierzigsten.

Da Annick noch nicht da war, trank Maryline ihren Kaffee allein in der Küche. Sie fragte sich, wie sie sich Georgia gegenüber verhalten sollte. Als sie am Abend nach Hause gekommen war, hatte sie Licht unter der Tür gesehen und vor allem Stimmen gehört, ersticktes Lachen, eine weibliche und eine männliche Stimme. Da Titouan, Georgias Freund, derzeit in Barcelona war, kam nur der schöne Daito in Betracht. Zwischen dem anmutigen Japaner und dem offiziellen Freund ihrer Tochter lagen Welten. Titouan, der Ultimate-Frisbee-Regionalchampion, führte in seiner tief nach unten gezogenen Hose, die den halben Hintern freilegte, im Seebad selbstgefällig sein strohblondes Haar spazieren, das ihm bis zur Mitte des Rückens reichte, und führte mit Georgia eine stürmische Beziehung. Im Augenblick schien es jedoch kaum Berührungspunkte zwischen dem Bretonen und Georgia zu geben, und Maryline räumte seiner Zukunft bei den Halloways keine großen Chancen ein.

Maryline lief in der Küche umher, schaute aus dem Fenster, lauschte auf die Geräusche, aufgeregt, unruhig, aber auch merkwürdig gleichgültig. Simon fehlte ihr, all ihre Gedanken waren bei ihm, und die vertrauten Handgriffe wirkten irgendwie falsch. Nichts verstand sich mehr von selbst. Sie hatte das Gefühl, über all das nachdenken zu müssen, was sie tags zuvor noch ganz selbstverständlich getan hatte.

Schließlich kam Annick mit einer Stunde Verspätung und ohne sich zu entschuldigen, grau im Gesicht, verschlossen, unnahbar. Vermutlich hatte ihr Mann sie wieder einmal für ein von seinem kranken Hirn erfundenes Missgeschick gezüchtigt.

»Was ist los?«, fragte Maryline beiläufig.

»Er ist aufs Kommissariat bestellt worden«, brach es aus ihr heraus.

Annicks Mann hatte keinen Namen. Er war »er« oder »der da«, je nach dem, wie sehr sie ihn gerade hasste.

»Warum?«, fragte Maryline so sanft sie nur konnte.

Sie fürchtete, der unsichtbare und kostbare Faden, der sich zwischen ihnen gespannt hatte, könnte zu schnell zerreißen.

»Sie haben ihn gestern beim *Batz* erwischt. Er musste pusten, und sie haben ihn gezwungen, zu Fuß nach Hause zu gehen.«

»Ach ja? Dass sie ihn in der Nähe eines Nachtklubs anhalten, ist doch nicht weiter verwunderlich«, sagte Maryline.

»Nein, sie haben gesagt, sie seien seinetwegen gekommen.«

Maryline ahnte, dass Simon etwas damit zu tun hatte, doch das Thema direkt anzusprechen stand nicht zur Debatte. Maryline wollte ihre Putzfrau nicht verlieren und Annick nicht ihr gutes Gehalt.

»Man wird ihm den Führerschein wegnehmen, das ist doch kein Drama«, sagte Maryline.

Sie wechselten einen vielsagenden Blick. Der entzogene Führerschein würde sich in einen Albtraum für Annick verwandeln, die die Kränkung teuer würde bezahlen müssen.

»Das ist vielleicht die Gelegenheit …«

Annick stürzte aus dem Raum, um den Rest nicht hören zu müssen.

Maryline seufzte. Sie konnte es nicht mehr mit ansehen, dass er Annick anrührte. Annick war ein Kind im Körper einer Frau, dick geworden vor Leid und mürrisch aus Schüchternheit. Sie erinnerte sich, dass sie mit Mädchen wie Annick zur Schule gegangen war, verwirrte Bauernmädchen, kugelrund und voller Leid, die bass erstaunt eine Welt betrachteten, von der sie nicht viel begriffen. Aufgewachsen mit primitiven und brutalen Vätern, harten Müttern und Geschwistern, die nicht miteinander sprachen, waren Annick und ihresgleichen Profis der Einsamkeit, der echten, derjenigen, die man nicht sieht und die man mit sich schleppt wie einen schlechten Geruch. Eine Kindheit ohne jede Sinnlichkeit und ihr kurzes schwarzes, manchmal öliges Haar verliehen ihr das irritierende

Aussehen eines kleinen Jungen. Sie hatte den leicht erdbeerfarbenen Teint trinkender Frauen, doch Maryline war sich sicher, dass Annick nicht trank. Sie war hart im Nehmen und verfügte über eine Unzahl von Geräuschen des Mundes, der Zunge und des Halses, die eine komplexe Sprache bildeten, die die Halloways verstehen gelernt hatten. Wenn sie sprach, dann in kurzen Sätzen, als schleuderte sie Erdklumpen mit der Spitzhacke durch die Gegend. Simon war ein Engel, ohne ihr davon zu erzählen, hatte er getan, was sie gehofft hatte, auch wenn es sinnlos war, denn es gibt verfluchte Wesen, die sich auf alles stürzen, was sie tötet.

Und Georgia war an diesem Morgen von surrealer Liebenswürdigkeit, Schauspielerin in einer komischen Aufführung, die nur für Maryline gegeben wurde. Sie setzte sich in der Küche neben ihre Mutter, sanft, ja honigsüß, große Kunst. Sie erzählte, dass sie »bis in die Puppen« mit Osamo, Daito, Miss Merriman und Flag *Pictionary* gespielt habe. Entgegen aller Erwartung habe Miss Merriman gewonnen. »Sie zeichnet, es ist der Wahnsinn, eine echte Künstlerin«, sagte Georgia erstaunt. Dazu hatten sie die Salzbutterkaramellcreme probiert, die die Japaner von der Genossenschaft mitgebracht hätten.

»Weißt du, Daito hat Französisch mit den Comics von *Tim und Struppi* gelernt«, sagte Georgia mit einem Zittern in der Stimme, das sie nicht zu verbergen vermochte. »Essen Sie gern Kartoffelkäfer?«, fragte sie lachend und rollte mit den Augen. »Essen Sie gern Kartoffelkäfer? Ich meine diese gestreiften Bonbons«, sagte sie noch einmal, schon ein bisschen gereizt.

»Ob ich gern Kartoffelkäfer esse?«, fragte Maryline perplex.

»Aber nein«, sagte Georgia genervt und verdrehte die Augen. »Das ist der verrückte Professor aus *Der geheimnisvolle Stern.*

Essen Sie gern Kartoffelkäfer? Ich meine diese gestreiften Bonbons? Und mein Zuckertäubchen, sagt dir das auch nichts?« Maryline machte ein hilfloses Gesicht. »Wo warst du denn eigentlich?«, fragte Georgia enttäuscht.

»Im Rathaus war eine Besprechung wegen der Regatta historischer Segelschiffe.«

»Ach ja? Reine hat mir gar nichts davon erzählt. War sie da?«

»Nein. Es war fast niemand da.«

Maryline log mit einer verblüffenden Leichtigkeit. Sie hatte keinerlei Gewissensbisse und sah ihre Tochter an, ohne mit der Wimper zu zucken.

»Osamo ist genial«, fuhr Georgia fort, um über Daito zu reden, ohne über Daito zu reden. »Nach der Partie *Pictionary* hat er Flag massiert und ihm erklärt, wie er mit Meditation die Tiere in seinem Bauch einschläfern kann. Er hat ihm von einem japanischen Gott erzählt, der aus einem Popel geboren worden sei. Na ja, ich bin nicht ganz sicher. Flag hat es jedenfalls sehr gefallen. Ich schwöre dir, er war vollkommen verwandelt, als er ging. Als wäre sein Gesicht gebügelt worden. Es war ganz glatt. Osama hat auch über Papa gesprochen. Er hat uns gesagt, dass er einen echten Zen-Schüler in ihm sehe, dass er sein Licht verberge. Eine Art Samurai, der den Weg praktiziere, ohne es zu wissen.«

Maryline fragte sich, wie der Samurai William reagieren würde, wenn sie ihm von Simon erzählte. Georgia zu belügen war eine Sache, aber William konnte sie nicht anlügen. Er hatte Radarantennen, und ihm verbergen zu wollen, was er vielleicht bereits erraten hatte, war sinnlos.

Miss Merriman war im siebten Himmel. Um in Ruhe Marylines Geburtstagsparty vorbereiten zu können, hatte man ihr die Aufgabe übertragen, sie bis zum Abend von Ker Annette fernzuhalten. Noch dazu würde sie nicht eine Sekunde allein sein. Vor zehn Jahren war Rebecca Merriman über Nacht gealtert und hatte innerhalb weniger Wochen begriffen, dass sie von nun an für alles selbst verantwortlich sein würde. Leben oder sterben hing nur noch von ihr ab, die von niemandem mehr abhängig war. Manchmal, wenn sie ins Bett ging und keine Pläne für den nächsten Tag hatte, bat sie Gott, sie in der Nacht gnädig sterben zu lassen. Jetzt saß sie happy neben Maryline in dem Austin Healey mit zurückgeklapptem Verdeck. Der Regen, der mit der Nacht verschwunden war, hatte die Küste gereinigt, sie glänzte wie auf Hochglanz polierter Edelstahl. Sie nahmen die vierspurige Autobahn und waren knapp eine Stunde später in Nantes. Maryline setzte die Amerikanerin beim Arzt ab, parkte den Wagen und setzte sich auf die ruhige Terrasse eines Cafés.

Sie rief Simon an, und er bestätigte ihr, dass er Annicks Mann in die Mangel nehmen werde. Behutsam, bat sie ihn. Dann sagte er ihr, dass er sie liebe und sie nie mehr verlassen würde. Genau das hatte sie hören wollen, denn sie verlor immer wieder für Augenblicke das Gefühl für diese neue Realität. Simon war von nun an Teil ihres Lebens. Und wie in einer Doppelbelichtung wurde er ständig von William und Georgia überlagert. Sie würde jetzt zwei Leben gleichzeitig führen müssen, und jedes würde darum kämpfen, die Oberhand zu gewinnen.

»Wusstest du, dass Herr wegen Belästigung zu einer Bewährungsstrafe verurteilt worden ist?«, fragte Simon.

»Nein!«

»Hat William dir das nicht erzählt?«

»Nein, Simon! Das hätte ich dir doch gesagt. Erzähl.«

»Es ging so weit, dass die Frau einen Selbstmordversuch gemacht hat. Im Krankenhaus hat sie ausgepackt, und er wurde sofort verhaftet.«

»Wer war die Frau?«

»Er hatte sie im Casino kennengelernt, eine alleinstehende Frau, die sich für ein Jahr an der Strandpromenade eingemietet hatte. Sie hat ihm sehr schnell den Laufpass gegeben, und da begann er, sie zu belästigen. Sie sagte mir am Telefon, Herr gehöre in eine psychiatrische Klinik und sie begreife nicht, dass er immer noch auf freiem Fuß sei. Ich habe ihr nichts von Elyne Folenfant gesagt, sie ist selbst darauf gekommen. Sie hat sofort an Herr gedacht, als sie die Nachricht in der Zeitung gelesen hat.«

»Simon, als ich diesen Typen zum ersten Mal gesehen habe, war ich überzeugt, dass er das Mädchen getötet hat. Ich kann dir nicht sagen, warum, es ist eine Ahnung.«

Simon seufzte, und sie schwiegen ein paar Sekunden.

Maryline beobachtete gleichgültig eine Möwe, die sich aufplusterte. Sie überwachte die Gegend, während sie unermüdlich auf dem Dachfirst auf und ab trippelte.

»Weißt du, man muss vorsichtig sein«, fuhr Simon fort. »Herr ist nicht verrückt. Er gehört zu der Sorte Mann, die auf Frauen eine besondere Ausstrahlung hat, die sie ängstigt und zugleich anzieht. Er hat einen morbiden Charme, aber deshalb kann ich ihn keines Verbrechens beschuldigen. Man ist nie gezwungen, den Leuten zu folgen.«

Maryline hörte Geräusche am anderen Ende der Leitung, jemand war in Simons Büro gekommen. Er legte eilig auf. Sie behielt das Handy noch einen Augenblick am Ohr und schloss die Augen. Simon ließ ihr keine Ruhe, wie das Streicheln einer Seidenbluse auf der Haut, die uns mit jeder unserer Bewegungen an ihre Weichheit erinnert. Sie trank langsam ihren Kaffee, vergegenwärtigte sich noch einmal ihre Nacht mit Simon in der Bucht und fing an, sich Sätze zurechtzulegen, mit denen sie William erklären würde, dass sie einen anderen liebte. Es waren steife und künstliche Sätze, die sie proben und sich zu eigen machen musste wie Theatermonologe. Leute gingen vorbei und schauten sie ungeniert an. Maryline hob den Kopf und bemerkte, dass die Möwe immer noch da war, eine Concierge, die auf ihrem Lieblingsdach Posten bezogen hat. Sie sah sich wieder als Kind mit Simon auf der Terrasse im ersten Stock von Ker Annette. Im Winter, wenn die Langeweile ihnen zur zweiten Haut wurde, beobachteten sie die Meeresvögel. Simon behauptete, die Vögel würden nie einfach vor sich hin träumen, sie seien beschäftigt und hätten immer irgendetwas Dringendes zu tun. Er konnte nicht zugeben, dass die Vögel nur lebten, um zu fressen. Maryline wollte ihn erneut anrufen, glücklich, dass sie sich plötzlich an etwas erinnerte, doch Miss Merriman näherte sich mit Trippelschritten, ein wenig nach rechts geneigt, so lausche sie mit ihrem »inneren Ohr«, wie sie zu sagen pflegte.

Sie machten die Runde durch die Geschäfte im Zentrum und kauften Dinge, die ihren Ausflug nach Nantes rechtfertigten, und dann ließ Maryline die Amerikanerin ein Restaurant nach ihrem Geschmack wählen. Sie entschied sich für einen Italiener in der Fußgängerzone. Miss Merrimans Leben folgte Ritualen, und im Restaurant ging sie auf die immergleiche, genau ausgetüftelte Weise vor. Sobald sie eingetreten war, erfasste sie, die Kellner ignorierend, die sie in den Speisesaal führen wollten, auf einen Blick die Anordnung der Tische, die Wahrscheinlichkeit, dass es ziehen könnte, die Tür zur Toilette, zur Küche, die Klimaanlage, die Heizkörper und die Wege der Kellner. Schließlich fand sie ihren Platz und verließ das Restaurant, wenn man ihn ihr verweigerte. An diesem Tag wählte sie einen kleinen Ecktisch auf der Terrasse an einem Mäuerchen mit blühenden Blumentöpfen. Sobald sie saß, ließ sie dem ersten ein zweites Ritual folgen. Sie verschob das Glas um eine Winzigkeit, faltete langsam ihre Serviette auseinander, schnupperte daran und rückte eine Haarsträhne zurecht. Maryline wusste bereits, dass sie nach jedem Gang die gleichen Gesten wiederholte, mit der gleichen langsamen Konzentration, in umgekehrter Reihenfolge: Serviette mit der flachen Hand glatt streichen, Glas auf dem Tisch verrücken, Haare hinters Ohr streichen. Sie bestellten, und dann fiel ihr Blick, ohne dass sie darüber ein Wort gewechselt hätten, auf ein Paar, das einen Tisch weiter so gut es ging vermied, sich anzusehen.

Miss Merriman beugte sich zu Maryline vor und flüsterte ihr auf Englisch ins Ohr:

»Schrecklich, diese Paare, die sich ausknipsen, sobald sie allein sind. Sobald sie sich beobachtet fühlen, funktionieren sie wie frisch aufgezogene Automaten. Aber wenn man sich entfernt, fallen ihre Hände herab und hängen wie tot am Körper.«

Zu Marylines Erleichterung würde das Mittagessen anscheinend in Originalfassung stattfinden. Sie wusste von William, dass die Amerikanerin erst spät geheiratet hatte, einen Geschäftsmann mit einem Sohn. Der Mann war gestorben, und Miss Merriman hatte den jungen Mann, den sie ein paar Jahre lang aufgezogen hatte, aus den Augen verloren. Maryline hatte Miss Merrimans Einsamkeit an ihrem Handy bemerkt, das ihr fast ausschließlich als Uhr diente.

»Haben Sie schon einmal den Kopf verloren?«, fragte Maryline ohne Umschweife.

Miss Merriman sah sie lange an.

»Nein, ich habe nie den Kopf verloren. Aber ich erinnere mich sehr genau an ein paar Gelegenheiten, wo es mir hätte passieren können.«

»Warum?«, fragte Maryline und betrachtete das ausgeknipste Paar.

»Ich habe die anderen immer zu wichtig genommen, und das ist wahrscheinlich der Grund, warum ich meinen Wünschen nie nachgegeben habe. Den Kopf verlieren, wissen Sie, das bedeutet, dass man sich weigert, irgendjemanden an seiner Stelle entscheiden zu lassen«, fuhr Miss Merriman fort. »Übrigens verliert man nicht den Kopf, man ändert nur seine Meinung. Es sind die anderen, die denken, dass man verrückt geworden ist. Verstehen Sie? In meinem Alter bedeutet das was. Ich bin in dem Alter, wo einen niemand mehr anschaut, wo die Leute vor einem über intime Dinge reden, ohne Rücksicht darauf, dass man mithört. Wissen Sie, meine Liebe, wir verbringen unser Leben damit, die anderen vor sich selbst zu schützen, wir versuchen zu verstehen, wie die Menschen, denen wir begegnen, wirklich sind. Dann stellen wir fest, dass die undurchschaubaren Persönlichkeiten so sind, weil es uns nicht gelingt zu erfahren, wie sie uns sehen. Aber im Grunde«, fuhr sie mit einem Lachen fort, »ist diese Undurchschaubarkeit ganz gut so. Stellen Sie sich vor, wir wüssten, was die anderen von uns denken, wir würden alle sterben vor Kummer! Also verlieren Sie den Kopf, verlieren Sie den Kopf, weil alles sinnlos ist. Wir messen den anderen stets zu viel Bedeutung bei. Haben Sie bemerkt, dass die Menschen nicht an unseren Gesichtern ablesen können, wie sehr sie uns langweilen? Warum sollen wir uns das Leben schwer machen für Menschen, die nicht einmal imstande sind, unsere Gefühle zu erkennen? Sie essen nicht?«, fragte sie.

»Doch, doch«, sagte Maryline nachdenklich.

»Man fragt sich, was ein Farbenblinder sieht, aber das könnte man sich auch bei jedem anderen fragen«, fügte Miss Merriman hinzu. Sie machte eine Pause und betrachtete das Paar. »Nichts ist kostbarer als unsere Gefühle. Verschleudern Sie sie nicht, und ersticken Sie sie auch nicht. Ohne sie sind wir niemand.« Sie machte eine kurze Pause und sah Maryline beim Essen zu. »Haben Sie bemerkt, dass unsere Stimmungen, unsere Gefühle in dem Augenblick, in dem sie auftauchen und sich in unserem Geist einquartieren, Landschaften mit ganz besonderem Licht, einer eigenen Komplexität und Geographie bilden? Ich bin alt, und ich kann mich auf keinen meiner Sinne mehr verlassen. Alles ist intellektuell geworden. Es gibt keine Kulissen mehr, verstehen Sie?« Sie seufzte und sah Maryline schalkhaft an. »Es ist ein Wunder, nach siebzig Jahren immer noch fröhlich zu sein und zu lächeln.«

Maryline verstand nicht alles, was Miss Merriman sagte. Sie legte ihr dar, worüber sie ein Leben lang nachgedacht hatte, und außerdem hätte Maryline eine Gebrauchsanweisung für ihren Bostoner Dialekt gebraucht. Und doch spürte sie in der Flut der Worte, in dem klugen und müden Ton der alten Dame, dass sie ihr empfahl, einen kühnen Entschluss zu fassen. Ahnte Miss Merriman, um was für einen Entschluss es sich handelte?

Sie mochte William sehr, in dessen Adern genau wie in ihren das Blut des gleichen weißen angelsächsischen Protestanten floss, aber Maryline mochte sie ebenso sehr, wofür sie ihr täglich zahlreiche Beweise lieferte.

»Ich habe gestern einen himmlischen Abend mit unseren japanischen Freunden verbracht«, fuhr Miss Merriman fort. »Dieser Osamo ist ein erstaunlicher Mann. Er scheint jeden einzelnen seiner Muskeln und den unscheinbarsten seiner Knochen persönlich zu kennen. Wenn man ihn anschaut, bekommt man Lust, sich zu strecken«, sagte sie lachend.

Miss Merriman hatte bemerkt, wie Marylines Gesicht allmählich immer undurchdringlicher wurde, und machte sich Vorwürfe, sie in den bodenlosen Abgrund des freien Willens geworfen zu haben.

»Ich verstehe nicht, was William an diesem Typen findet.«

»Welchem Typen?«

»Diesem Blondschopf, der wie ein Schwachsinniger aussieht.«

»Ach ja! Der ist tatsächlich sehr eigenartig. Über ihn wollte ich gerade mit Ihnen sprechen. Gestern am späten Nachmittag war ich auf dem Balkon meines Zimmers. Über dem Strand schwebten schöne Drachen, die ich fotografieren wollte. Da bemerkte ich William und diesen jungen Mann, die an der Tür zum Studio miteinander sprachen. Ich glaubte zu verstehen, dass sie über Geld redeten.«

»Über Geld?«, fragte Maryline überrascht.

»Haben Sie vielleicht Geldprobleme?«, fuhr Miss Merriman fort.

»Nein!«, erwiderte Maryline. »Ist das alles, was Sie verstanden haben?«

»Ja. Ein paar Minuten später habe ich sie zusammen wegfahren sehen, und dann hat Georgia mich gerufen, um Karamell zu essen und *Pictionary* zu spielen.«

»Das ist eigenartig«, sagte Maryline.

Sie spürte wieder Unruhe in sich aufsteigen. William, William, dachte sie seufzend. Was hatte er sich da wieder eingebrockt?

»Nichts in der Natur gleicht mehr dem Plastik als die Hyazinthen«, sagte Miss Merriman und betastete die Topfpflanze, die neben ihr auf dem Mäuerchen stand.

Maryline hörte ihr nicht mehr zu. Sie war in Gedanken versunken und weit davon entfernt lockerzulassen, wie die Amerikanerin ihr empfohlen hatte. Niemals würde sie William verlassen können, ohne nicht absolut sicher zu sein, dass ihm nichts geschehen würde, und das war noch lange nicht der Fall.

Miss Merriman bestand darauf, das Mittagessen zu bezahlen, und die beiden Frau stiegen wieder in den Austin.

»Finden Sie nicht, dass die Menschen im Sommer Blumenbeeten ähneln?«, fragte Miss Merriman, die zu allen Jahreszeiten Schwarzweiß trug.

»Oder den Fahnen afrikanischer Länder!«, rief Maryline, während sie die bunte und fröhliche Strandpromenade betrachtete.

Als sie am Casino vorbeikamen, bemerkten sie Édouard Herr, der, den Kopf gegen einen imaginären Wind gestemmt, mit eiligen Schritten unterwegs war. Der Mann bildete einen dunklen Fleck in der sommerlichen Umgebung. Als sie am Hafen vorbeifuhren, rief Miss Merriman Georgia an, die ihr sagte, es sei noch zu früh, Maryline dürfe nicht vor Einbruch der Dunkelheit zurückkommen. Maryline schlug Miss Merriman vor, allein nach Ker Annette zurückzufahren. Sie würde sich noch ein oder zwei Stunden beschäftigen.

Sie trieb sich am Hafen herum, aß ein Eis und betrachtete die alten Segelschiffe, die in den Hafen glitten, wunderschön und von den Urlaubern mit Beifall begrüßt wie Filmstars. Sie spürte, wie Blicke auf ihr verweilten. Man urteilte über sie, positiv oder negativ. Sie rief Simon an und bat ihn, sich irgendwo mit ihr zu treffen.

»Bei mir«, sagte er.

Simons Wohnung war nicht anzusehen, ob er gerade eingezogen war oder sich anschickte auszuziehen. Er lebte inmitten von Kartons, funkelnagelneuen Möbeln, die nach schwedischer Kiefer rochen, Papieren, die sich auf den Tischen stapelten, und Geschirr für sechs, das sich auf staubigen Regalbrettern ausbreitete.

»Es überrascht mich, dass du hier bist«, sagte er und zog sie ins Schlafzimmer.

»Es überrascht mich, dass ich hier bin«, sagte sie. »Simon, es ist schrecklich, unsere Gewissheiten sind nichts wert. Noch vor zwei Tagen …«

Simon legte seine flache Hand auf Marylines Mund und knöpfte mit der anderen ihre Bluse auf.

Mit Simon zu schlafen war, als fiele man in Ohnmacht oder in einen Brunnen, dachte Maryline kurz darauf. Man ließ viel Lebenshoffnung zurück, verbrannte viel auf einmal, doch weil man plötzlich nicht mehr Buchhalter oder vernünftig sein konnte, ließ man sich mit vollem Einverständnis durch die harte Droge seltener Gefühle zerstören. Simon musste ein Menschenfresser sein.

Im Wagen, mit brennendem Gesicht und verschmiert von Simons Küssen, versuchte Maryline wieder zu sich zu kommen, obwohl sie immer noch seine Hände auf ihrem Körper spürte. Sie empfand weder Reue noch Schuldgefühle. Simon musste sie vor niemandem rechtfertigen, er war eine Selbstverständlichkeit, die man nicht infrage stellte. Übrigens hatte sie das Gefühl, dass man in ihrer Umgebung Notiz davon genommen hatte. Er war lediglich für einige Zeit aus ihrem Leben verschwunden, und diese Jahre der Abwesenheit waren höchstens ein Detail. Sie begriff ihr Leben mit William, Georgia und selbst Flag als Hilfeleistung für Personen in Gefahr, und so sah sie auch ihre Zukunft. Sobald sie ohne ihre Hilfe leben konnten, durfte sie gehen und mit Simon die verlorene Zeit nachholen.

Im Seitenspiegel blickte sie das Gesicht einer Wahnsinnigen an, sie würde vortäuschen müssen, nach einer Stunde in der Gischt zu hyperventilieren.

Georgia erwartete sie am Tor und ging ihr auf der Allee voraus, aufgeregt und hüpfend, plötzlich zehn Jahre jünger. Maryline entdeckte verblüfft, dass auf dem Rasen eine Bühne errichtet worden war. Es war ein richtiges Bühnenbild, ein riesiger aufgeklappter Wandschirm, auf den mit japanischer Abstraktion ein wunderschöner blühender Kirschzweig gemalt worden war. Den Rasen bedeckte ein viereckiger Holzfußboden. Lampen beleuchteten zart die Bühne in der bretonischen Dämmerung. Man hatte Klappstühle aus dem Haus geholt, und Maryline bemerkte erleichtert, dass Annick da war, dieser Scheißschmarotzer aber nicht. William, Flag und Rebecca Merriman empfingen sie, spöttisch in einer Reihe aufgestellt. Georgia und Annick servierten jedem eine Schale

Champagner. Es lag etwas in der Luft, das die Sprache raubte, eine Mischung aus allgemeinem Unbehagen, dem wahnsinnigen Verlangen, sich zu lieben, und der rückblickenden Angst, Maryline wäre heute Abend möglicherweise nicht mehr nach Hause gekommen. William bat alle, sich zu setzen.

Daito erschien auf der Bühne. Gekleidet in einen schwarzen Kimono, kniete er nieder und stimmte ein Instrument, das einer weißen quadratischen Gitarre mit langem Griffbrett ähnelte, ohne sich um ihre Anwesenheit zu kümmern. Er kratzte die Saiten mit einem komischen hölzernen Gegenstand, der wie ein Ginkgoblatt aussah. Nachdem es still geworden und kein Windhauch mehr unter den Kiefern zu hören war, begann Daito zu singen. Alle hielten den Atem an, um zu begreifen, was da geschah. Die Stimme schien aus dem hintersten Winkel der Welt zu kommen, eine vibrierende, urzeitliche Stimme, die sich in die Eingeweide bohrte. Maryline sah William lächeln, lässig in seinem Stuhl zurückgelehnt, mehr als jeder andere an die Manipulationen der Bühne gewöhnt, aber wahnsinnig interessiert. Flag und Miss Merriman waren dagegen zwei steife Körper, die Daitos tiefe Stimme hatte erstarren lassen, vor dem großen Sprung ins Jenseits.

Osamo betrat die Bühne, und von diesem Augenblick an musste jeder irgendwie zurechtkommen mit den unbezahlbaren Eindrücken, die er ihnen schenkte. Das Gesicht mit einer dicken Schicht Reispuder bedeckt, die an das bläuliche Weiß des Mondes erinnerte, zwei winzige rot bemalte Lippen und die Augen von einem schwarzen Lidschattenstrich verlängert, schritt Osamo mit kleinen gleitenden Schritten bis in die Mitte der Bühne. Er trug ein kompliziertes Kostüm aus steifen prächtigen Stoffbahnen, die sich wie Rollos über seinen Körper bewegten, der darunter verborgen blieb. Lange Glyzinienmuster formten auf dem roten Hintergrund seines Galakimonos eigene Landschaften. Man traute seinen Augen nicht, es war eine Pracht. Ein breiter Gürtel bildete in seinem Rücken zwei flache zusammengefaltete Flügel. Lange Nadeln steckten unten in seinem gebändigten und mit schwarzer Tinte eingeölten Holzschnitthaar. In seiner weißbehandschuhten Hand hielt Osamo einen Fächer, Accessoire seiner Emotionen, dessen Schwingungen zu interpretieren jeder lernen musste. Man hätte eine Möwe im Garten der Halloways fliegen hören können, doch nichts flog mehr wie in einem Horrorfilm, in dem vor dem Drama plötzlich alles erstarrt.

Von Daitos Stimme in die Ferne getragen, fand sich plötzlich jeder ganz für sich allein mit der Melancholie der Kurtisane konfrontiert, die Osamo verkörperte. Vermutlich erkannte jeder in diesem unerhörten Anblick, was ihm bestimmt war. Wenn die Kurtisane ihren Hals leicht drehte, um einen Eindruck zu erhaschen, wenn sie ihren Oberkörper weit nach hinten bog, um den Mond zu betrachten, und ihren Fächer bewegte, der plötzlich ihr Gesicht verdeckte, um ihre Traurigkeit zu verbergen, und wenn ihr Blick plötzlich vom Flug eines Glühwürmchens oder von einer wahnsinnigen Hoffnung erhellt wurde, dann bot Osamo ihnen die ganze Bandbreite ihrer intimsten Gefühle dar. Er machte sie sich selbst zum Geschenk. Die absolute Fremdheit des dreidimensionalen Holzstichs, der Verlust ihrer Orientierungspunkte entblößte sie. Es fehlt uns immer jemand, schien die rotgekleidete Kurtisane zu sagen, aber das Leben ist trotzdem da, in der sehr zarten Drehbewegung des Fächers, den man öffnet, den man schließt, den man auf sein Herz legt. Osamo bewegte sich verlangsamt wie eine Marionette, der man die Fäden abgenommen hat und die schüchtern die Erfahrung der Freiheit macht.

Tränen rannen über Miss Merrimans Wangen, Annick atmete immer heftiger, und Georgia stand der Mund offen. William hatte zu Beginn der Aufführung Marylines Hand genommen und sie nicht mehr losgelassen. Maryline hörte neben sich Flag wie eine alte Tür quietschen. Er war der Einzige, der sich Osamo widersetzte, schade.

Der Japaner setzte sich in seinem komplizierten Origami aus bunten Stoffen langsam mit untergeschlagenen Beinen auf den Boden. Er neigte langsam den Kopf zur Seite, um seiner Seele zu lauschen, die ihm eine Erinnerung zuzuflüstern schien. Man hatte den Eindruck, er würde lächeln. Dann gingen die Lichter aus.

Die Nacht war hereingebrochen, und in der Dunkelheit brauchte jeder einen Augenblick, um auf dem Klappstuhl wieder von seinem Körper Besitz zu ergreifen. Man musste sich wieder an die Trivialität gewöhnen, sich seines Namens erinnern und sich langsam von diesem Anblick reiner Schönheit erholen, auf den man nicht vorbereitet gewesen war.

Flag gab den Startschuss. Mit lauten Rufen trieb er alle zu der langen Tafel, die unter den Kiefern gedeckt war, und füllte die Gläser nach. Von der fernen, aufgehenden Sonne und ihrem wunderschönen Feuerwerk zurückgekehrt, lächelte man glückselig der Schönheit zu, die sich da und dort noch gehalten hatte. William wich Maryline nicht von der Seite, und Georgia wich ihren Eltern nicht von der Seite, wie das Auge Moskaus, das verstehen will, was gerade hinter seinem Rücken geschieht. Mit Annicks Hilfe schleppte Flag die Klappstühle heran und stellte sie um den Tisch auf. Das Essen hätte leicht für fünfzig Personen gereicht, zum großen Teil bretonische Spezialitäten, die Osamo und Daito von ihren Einkaufstouren bei verschiedenen lokalen Genossenschaften mitgebracht hatten. Als Krönung hatten die Japaner den Konditor an der Promenade leer gekauft. Damit versetzten sie die Einheimischen in helle Begeisterung, Flag und Maryline erkannten auf den ersten Blick die *bateaux calabrais,* bootsförmige Lakritzbonbons, die *masques noirs,* die man früher Negerküsse genannt hatte, Lakritzbonbons, perlmuttglänzende Tülltörtchen, spitze *berlingots,* Fruchtbonbons, die den Gaumen zerkratzten. Die Japaner gesellten sich zu der Gruppe, abgeschminkt und lächelnd, als wäre nichts geschehen, als wären sie sich nicht bewusst, welches Herzklopfen sie jedem hier bereitet hatten, das noch wochenlang nachwirken würde. Annick sah Osamo lange an, der gnädigerweise so tat, als bemerkte er es nicht. Maryline hatte noch nie gesehen, dass ihre Putzfrau einen Menschen so interessiert anblickte.

Osamo nahm die Glückwünsche mit einem leichten Kopfnicken und einem japanischen Lächeln entgegen, dann setzte er sich neben William und stieß mit seinem Künstlerkollegen an.

»Osamo, warst du vorhin Frau und Mann oder weder noch?«, fragte William.

»Im Weiß ist das Schwarz, und im Schwarz ist das Weiß«, erwiderte Osamo lächelnd. »Wir sind nicht kategorisch, und ich kann deine Frage nicht beantworten. Die Antwort, glaube ich, liegt in dir.«

William atmete tief durch, während er nachdachte, und lächelte Maryline zu, die ihnen zuhörte.

Flag hatte den Service übernommen, um die bedrohlichen

Emotionen in den Griff zu bekommen und gegen die Wirkung der Aufführung anzukämpfen, die immer noch gefährlich in ihm rumorte.

»Wir sind anders als Sie«, erwiderte Osamo auf eine Frage, die Miss Merriman ihm gestellt hatte. »Wir leben auf einer Erde, die uns jeden Augenblick verschlingen kann, und wir sprechen eine Sprache, die so ungenau ist, dass wir unsere Zeit mit dem Versuch verbringen zu verstehen, was die anderen uns sagen wollen. Im Westen erfinden Sie sich unentwegt neu.« Osamo lachte. »Sie glauben, wir leben in schmucklosen Räumen zwischen zwei Steinen und einem asketischen Futon, während wir in Wirklichkeit an winzigen Orten leben, die nicht länger Bestand haben als wir selbst und in die wir alles stopfen, was sich hineinstopfen lässt.« Er deutete auf Ker Annette, eine dunkle und ruhige Masse hinter ihnen. »Ker Annette ist das, was wir nie haben werden«, sagte er.

Maryline hörte mit halbem Ohr zu und dachte an Simon, der allein zwischen seinen Kartons saß und wirklich ein asketisches Leben führte. Sie betrachtete William, der vollkommen glücklich schien. Er wirkte wie jemand, der sich die Welt geschenkt hat. Neben Osamo bestreute Miss Merriman eine Crêpe mit Zucker. Maryline fand, dass sie entfernt Deborah Kerr ähnelte, der wunderschönen Engländerin, die man immer vergisst, wenn man die großen Schauspielerinnen aufzählt. Deborah Kerr und ihr bürgerliches Geheimnis, das Miss Merriman ebenfalls perfekt verkörperte.

Flag holte ein Zigarettenetui aus der Tasche, das mit liebevoll gerollten Joints gefüllt war. Er reichte es herum, und Maryline wandte den Kopf ab, als Georgia mit gnadenloser Selbstverständlichkeit einen nahm. Miss Merriman langte ebenfalls zu, und Flag traute sich nicht, ihr zu sagen, dass es keine normale Zigarette sei. Achselzuckend sah er William an. Jeder rauchte langsam und genussvoll seinen Joint. Maryline verdrückte sich und zog sich in ihr Zimmer zurück, um Simon anzurufen. Er ging nicht dran. Gesprächsfetzen drangen von unten herauf und vermischten sich mit einem maßlosen Verlangen nach Simons Körper, jetzt sofort. Sie nahm eine Strickjacke aus dem Schrank und ging zurück zu der kleinen Gruppe, die sich ihrem süßen Schicksal hingab.

»Wussten Sie, dass unsere berühmten blühenden Kirschbäume gar keine Kirschen tragen?«, sagte Osamo zu Miss Merriman und Annick.

Maryline sah, wie William im Vorbeigehen Georgia festhielt. Er küsste sie auf den Hals, und sie machte sich grunzend los. Maryline seufzte. Was hatte sie geglaubt? Dass sie sie mit einem Fingerschnippen loswerden könnte? Sie würden kämpfen, sie würden sie verführen. Eine plötzliche Wut auf alle, die sich zwischen sie und Simon stellten, nagelte sie fest.

Als überaus aufmerksamer Zeremonienmeister drehte Flag im Studio die Stereoanlage voll auf und ließ die Tür offen, sodass Marvin Gaye sich souverän im Garten zu Ehren Marylines produzieren konnte. Die Joints taten ihre Wirkung, und am Tisch erklang albernes Lachen. William stand auf und forderte Maryline zum Tanzen auf. Daito folgte mit Georgia und Flag mit Miss Merriman. Annick, die übrig blieb, räumte den Tisch ab.

Maryline und William tanzten eng aneinandergepresst als Dancefloorprofis, eine alte Stargewohnheit, die sie sich von ihrem ehemaligen Firmament bewahrt hatten. Und doch drückte sich in Williams Umarmung an diesem Abend ein Besitzanspruch aus, den sie von ihm nicht kannte. Er drückte sie fest an sich, schien seinen geschmeidigen Tanzstil vergessen zu haben. Seine Hände umklammerten Marylines Hüften, und sein Körper bewegte sich beunruhigend steif. Maryline fiel etwas ein, das sie im Grunde aus zwanzig Jahren des Zusammenlebens mit William bereits wusste: Im Leben ist nichts verhandelbar. Beim kleinsten Sandkorn im Getriebe bricht die Gewalt aus, und man fasst es nicht, dass sie stets so nah ist.

»How are you, honey?«, fragte er.

Er hatte rote Albinoaugen und sah aus wie ein Typ, der sich am nächsten Morgen an nichts mehr erinnert. Maryline spürte, wie eine dumpfe Traurigkeit sie überkam. Sie mochte diesen alten Unterton von Bosheit in Williams Stimme nicht, der sie an die Zeit erinnerte, als sie ihm seine Drogen gestohlen hatte, um ihn daran zu hindern, sich zu schaden.

»Forget it«, sagte sie sanft.

Sie schloss die Augen und ließ sich von Marvin Gayes Stimme tragen.

Get up, get up, let's make love tonight,

sang er, und es war Simons Stimme, die Maryline in Williams Armen hörte.

Flag, dieses »Arschloch«, sandte quer über die Tanzfläche unterschwellige Botschaften aus, dachte Maryline und beobachtete, wie ihre Tochter sich immer enger an Daito schmiegte, während ein kochend heißer Springsteen *I'm on fire* sang.

Maryline setzte sich wieder neben Miss Merriman, die sehr eigenartig schielte, genauso wie Deborah Kerr, dachte Maryline leicht erschrocken.

»Passiert Ihnen das nie«, fragte Miss Merriman und schenkte sich ein Glas herben Cidre ein, der reichlich über ihre Hand schäumte, »dass Sie sich auf einer ausgelassenen Feier plötzlich einsam fühlen? Um Sie herum herrscht plötzlich tödliche Stille, und Sie fragen sich, warum Sie nicht diese rothaarige Frau in dem grünen Kleid sind oder dieser weibische Typ, der dem Storch aus der Fabel ähnelt, die Nase in seinem Champagnerglas, oder …«

Die Amerikanerin hielt, ihrer eigenen Worte überdrüssig, inne, nahm Marylines Hand und tätschelte sie zärtlich, als wäre Maryline diejenige, die litt. Die alte Dame brauchte lange, um mit den Augen zu blinzeln, und bewegte sich langsam wie ein Saurier. Maryline fiel es schwer zu sprechen. Ihre sehr verlangsamten Gedanken starben, bevor sie in ihrem Mund ankamen, und sie ließ Miss Merriman mit ihren schizophrenen Zuständen allein.

Sie bat Annick, auf Miss Merriman aufzupasssen, denn sie habe etwas zu viel getrunken. Es hatte keinen Sinn, Annick gegenüber von Gras zu sprechen, von dessen Existenz sie nicht einmal wusste. Die Putzfrau fühlte sich in die Pflicht genommen und nickte ernst. Sie war an diesem Abend die Einzige, die einen klaren Kopf hatte, aber das war ihr keineswegs bewusst. Sie wusste nur, dass sie keine Lust hatte, nach Hause zu gehen, und dass sie dort bleiben wollte, wo dieser merkwürdige Mann war, der ihr, als Frau verkleidet, plötzlich klargemacht hatte, dass »er«, »der da« sie nicht mehr schlagen würde. Am anderen Ende des Tisches löste Flag wie besessen die schwierigsten Sudokus in einer Zeitschrift, die mitten zwischen den Essensresten gelegen hatte. Miss Merriman unterhielt sich mit einem unsichtbaren amerikanischen Freund.

William hatte sich auf den Rasen gelegt und schien die Sterne zu zählen. Osamo tanzte auf dem Rasen einen One-Step zu den Klängen von Pink Floyd und ihrem *Wish you were here* unplugged, das so traurig war, dass man sich eine Kugel in den Kopf schießen könnte. Flag war die reinste Plage, dachte Maryline, und wenn man ihm den Plattenspieler überließ, trat sein Sadismus besonders deutlich zutage.

Georgia, die auf Daitos Schoß saß, betrachtete ihre Mutter eindringlich. Unsere Kinder wissen vor uns, was mit uns geschehen wird, dachte Maryline, als sie sah, welche Enttäuschung ihre Tochter ausstrahlte. Sie erkennen die Zeichen der Verschlechterung, die wir nicht zu erkennen vermögen, dachte sie und zündete sich ihren dritten Joint an. Sie war sich bewusst, dass Georgia leiden würde, wenn ihre Mutter fortging, so wie sie unter der Berühmtheit ihres Vaters gelitten hatte.

Diese Glittervergangenheit war ein Schatz, über den Georgia, die zwischen wissen wollen und nicht wissen wollen hin und her schwankte, nicht genau Bescheid wusste. Sie hatte sehr früh bemerkt, dass in den Augen der Leute Goldklumpen aufleuchteten, wenn sie William oder Maryline erkannten. Klug wie sie war, hatte sie beschlossen, sich vom Familienvermögen fernzuhalten. Im übrigen wusste sie aus eigener Erfahrung, dass die Erinnerungen eines *guitar hero* ebenso nervtötend sein konnten wie die eines Veteranen, und sie hatte stets die wenigen Fragen bedauert, die sie gestellt hatte, häufig übrigens im Auftrag ihrer Freundinnen. In den Jugendzimmern der Eltern ihrer Freunde hatten Poster von William gehangen, und das konnte durchaus eine Belastung sein für das Leben eines jungen Mädchens. Sie wusste, warum ihr Vater mit der Musik und ihre Mutter mit den Modefotos aufgehört hatte. Was alles andere betraf, so begnügte sie sich mit den groben Zügen. Doch an diesem Abend hätte sie viel dafür gegeben zu wissen, was im Kopf ihrer Mutter vorging. Ihre Mutter, die wirkte, als hätte sie den ganzen Tag auf einem Segelboot verbracht, sah sich um, als würde sie niemanden kennen und wäre zufällig auf dieses Fest geraten.

»Happy birthday to you! Happy birthday to you! Happy birthday, Maryline! Happy birthday to you!«

»Herzlichen Glückwunsch zum Geburtstag, Mama!«, rief Georgia, als Annick und Flag schwankend eine abenteuerliche Geburtstagstorte herbeibrachten.

Mein Gott, sind sie stark!, dachte Maryline, während sich alle der Torte näherten, die wie eine Auffahrt von Kerzen beleuchtet wurde. Die Gesichter waren merkwürdig und fröhlich, sie lächelten der Baisertorte zu. Sie blies alle Kerzen auf einmal aus. Applaus brandete auf und Gelächter. Daito stieß zur Feier des Tages den Angriffsschrei eines Samurai aus und lief mit ausgebreiteten Armen zum Hortensienbeet, in das er sich kopfüber stürzte. Maryline fragte sich, ob das eine Hommage an *Tim und Struppi* sein sollte. Alle fanden das äußerst komisch, besonders Georgia, die sich ebenfalls in die Blumen warf, gefährlich eingezwängt in ihre verfluchten Shorts. Allgemeines Gelächter. Annick fiel es schwer, das ebenso amüsant wie die anderen zu finden, doch sie hielt sich wacker und schaute zu Osamo, wenn der Zweifel sie packte. Der Japaner saß zwischen Flag und William und gegenüber von Miss Merriman, die sich immer mehr deborahkerrisierte, wobei Schielen, bürgerliches Geheimnis und starke Joints halfen. Maryline saß neben ihr, den Kopf auf eine Hand gestützt, und betrachtete vor sich hin träumend die Fassade von Ker Annette, während sie ihre Erdbeer-Sahne-Torte aß.

»Von einem Experten für mittelalterliches Tarot weiß ich, dass ich verhext worden war«, sagte Flag und schnitt sich ein großes Stück Torte ab. Er hatte Osamo gerade die unglückselige Geschichte seiner mündlichen Prüfung an der Polytechnique erzählt. »In der Notaufnahme haben sie mich für verrückt gehalten«, fuhr er fort, »und mich hinausgeworfen. Ich habe begriffen, dass ich mir allein helfen musste. Ich habe alles versucht. Zuerst die Heilrunen, nichts. Dann habe ich mich, auf den Rat einer Freundin, unter den Schutz des heiligen Expedit gestellt, ohne Erfolg. Der heilige Georg hat auch nichts gebracht. Schließlich habe ich mir einen radionischen Heilstein gekauft. Ich habe ihn ein Jahr um den Hals getragen. Und das hat schließlich geholfen.«

Osamo hörte zu. William hörte ebenfalls zu, aber nicht auf die gleiche Weise wie der Japaner. Er kannte die Geschichte auswendig und amüsierte sich jedes Mal über die leichten Veränderungen, die Flag einbaute, um sein Abenteuer gegen die bösen Geister anzureichern. Der heilige Expedit war die heutige Neuheit.

»Und danach sind Sie nie wieder verhext worden?«, fragte Miss Merriman auf Französisch.

»Ich habe mich gefragt, ob mit dem toten Mädchen am Strand nicht alles wieder angefangen hat. Ich habe ziemlich heftige Wellen gespürt. Deswegen habe ich zur Sicherheit«, sagte er und sah Miss Merriman sehr ernst an, »ein Bad mit dem Entzauberungspulver genommen, das noch vom letzten Jahr übrig war, als ich diese Kopfschmerzen hatte.« Er zögerte, blickte die alte Dame an und prüfte, ob er ihr vertrauen konnte. »Na ja, es bedrückt mich ein bisschen«, fügte er hinzu, »dass ich den zunehmenden Mond um zwei Tage verfehlt habe.«

Flag schien plötzlich vor Angst ganz verrückt und saugte tief die Seeluft ein, um sich zu beruhigen. Miss Merriman sagte, er solle sich keine Sorgen machen. Sie fügte hinzu, dass das Mädchen sicher ohne fremde Einwirkung ertrunken sei.

»Weil, wissen Sie«, fuhr Flag fort, »und das habe ich den Bullen gesagt, ich gehe nie ins Wasser. Ich lebe seit meiner Geburt am Meer, aber ich gehe niemals hinein.«

»Ich auch nicht«, brach es aus Annick heraus, in einer gewaltigen und mutigen Anstrengung, ihre Schüchternheit zu überwinden.

Flag achtete nicht auf sie, er war viel zu aufgeregt, um sich auf noch jemanden zu konzentrieren.

»Ein doppeltes Trauma«, sagte er und ließ den Blick schweifen. »Als ich drei war, bin ich in einen Swimming Pool gefallen. Man hat mich halb ertrunken gefunden, und dann ist da noch dieses Bild in *Tout l'Univers*.«

Maryline erklärte Miss Merriman und Osamo rasch, dass diese Pfadfinderbibel für ihre Generation eine ganz besondere Bedeutung habe, und Flag stimmte ihr zu. In *Tout l'Univers* habe er als Kind die farbige Zeichnung eines winzigen, gutgläubigen und naiven Schwimmers entdeckt, der über Meerestiefen krault, in denen es von Fischen und riesigen Krustentieren wimmelt. Dieses Getier sei furchterregend gewesen für ihn als phantasievolles und begabtes Kind und habe ihn schwer traumatisiert.

»Trug der Schwimmer Schwimmflossen?«, fragte William ganz ernst.

»Schwimmflossen? Scheiße, trug er Schwimmflossen? Ich erinnere mich nicht«, sagte Flag mit aufkommender Panik.

Er schloss die Augen, um zu versuchen, das erwähnte Bild wiederzufinden.

Während Flag seine Schwimmflossen suchte, erklärte Osamo ihnen ein paar Grundsätze des Zenbuddhismus, die er in seinem Alltag zu praktizieren versuche. Annick hörte hingebungsvoll zu und verstand zwei Dinge. Zunächst, dass alles, was existiert, von uns kommt, was nicht wenig war für eine Frau, die bis dahin stets das Gegenteil gedacht hatte. Und dann, dass man sein Leben hier und jetzt leben muss, dass die Vergangenheit nur in der Gegenwart existiert und dass es sinnlos ist, sich über die Zukunft Sorgen zu machen, da sie nicht existiert. Darin drückte sich eine erfreuliche Nach-mir-die-Sintflut-Haltung aus, die die Zuhörer aber auch ein wenig erschreckte.

»Dann sind Sie im Grunde nicht von Ihren Gedanken abhängig?«, fragte Maryline.

Sie hatte das Gefühl, ihre Stimme tauche aus einem dicken, buttrigen Püree hervor.

»Gewiss weniger als Sie«, erwiderte Osamo freundlich.

»Und der menschliche Faktor?«, fragte Flag, der aufgegeben hatte, seine Schwimmflossen zu suchen. »Wenn ich dich richtig verstehe, dann pfeift man also auf alles und vor allem auf die anderen. Man treibt im Augenblick und basta.«

»Wir glauben, dass es unmöglich ist, Macht über Menschen auszuüben. Wir glauben, dass man sie machen lassen und sie beobachten muss.«

»Und wenn sie gerade ertrinken?«, fragte William.

Osamo senkte den Blick und betrachtete seine auf dem

Tisch liegenden Hände, dieselben, die zwei Stunden zuvor weißbehandschuht um ihre Seelen geflattert waren.

»Ich habe keine Antwort«, sagte Osamo.

Es lag keine Verlegenheit in seinem Eingeständnis der Ohnmacht.

»Also, ich glaube nicht, dass man von den anderen einfach absehen und sich damit begnügen kann, sie zu beobachten.« Flag hatte einen rächenden Finger erhoben, um die Tischrunde aufzurütteln, die in bekiffter Melancholie vor sich hin döste. »Stellt zehn Wagen um eine runde Achse«, fuhr er fort, »und lasst sie mit der gleichen Geschwindigkeit und im gleichen Abstand voneinander fahren. Wisst ihr, was passieren wird? Osamo?« Osamo bedeutete ihm fortzufahren. »Nun ja, sie werden zusammenstoßen. Man kann nichts daran ändern.«

Annick murmelte perplex etwas vor sich hin, und Miss Merriman kündigte an, sie wolle sich zurückziehen. Autogeschichten interessierten sie nicht, sagte sie albern kichernd. Auf ein Zeichen von Maryline hin begleitete Annick sie auf ihr Zimmer.

»Ich verstehe, was du sagen willst, Flag«, nuschelte William, der kaum noch die Augen aufhalten konnte. »Ich verstehe, was du sagen willst, mein Freund. Unsere Gedanken sind Irrlichter, die in unseren Köpfen aufflackern.« Alle brachen in Gelächter aus, das Bild passte zur allgemeinen Stimmung. »Am Strand zum Beispiel, ich sage am Strand, aber das gilt auch für den Zug oder das Restaurant, siehst du jemanden einen Augenblick an. Er scheint dich zu ignorieren. Dann stehst du auf, und da sieht er dich an, sucht deinen Blick, um zu sehen, was du von ihm mitnimmst. Verstehst du, Osamo? Verstehst du, was ich sagen will?«

Osamo nickte. Er wirkte plötzlich besorgt, etwas abwesend. Der Schatten verschwand, und er machte darauf aufmerksam, dass die Musik zu Ende war. Flag spitzte die Ohren.

»Unglaublich«, sagte er. »Das hatte ich gar nicht bemerkt.«

Flag ging mühsam zum Studio. Als Maryline kurz darauf auffiel, dass er nicht wieder herausgekommen war, ging sie nachschauen und fand ihn schlafend mit einer Hülle von Eddy Cochran im Arm, der laut William sein absolutes Idol war.

Als sie zu den anderen zurückging, stolperte sie über eine leere Flasche und landete auf Osamos Schoß. Beide lachten schallend, um ihre Verlegenheit zu verbergen. Maryline erhob sich sofort wieder und entschuldigte sich. Annick lief plötzlich wie ein aufgeschrecktes Huhn zwischen Garten und Haus hin und her. Maryline schaute ihr zu, wie sie sich in neuen ausholenden und beinahe harmonischen Gesten erging und um Osamo herumstrich, als wäre er ein Idol, das aus nächster Nähe zu verehren war. Maryline hätte es gern gesehen, wenn der Japaner mit ihrer Putzfrau gesprochen und sie beiseitegenommen hätte. Wahrscheinlich war es eine Samuraitechnik oder ein Zengrundsatz, dass er sie in ihrer Schwärmerei schmoren ließ. Vielleicht war es richtig, sie zappeln zu lassen, auf die Gefahr hin, dass die Nacht ihre ganz neuen Empfindungen hinwegfegte. Doch Osamos Segen wäre für Annick vielleicht ein Unterpfand für den Erfolg gewesen, dachte sie. Sie saß dem Japaner gegenüber, ließ den Blick schweifen und versuchte sich einen Überblick über ihre Welt zu verschaffen. Georgia und Daito waren längst aus den Hortensien hervorgekrochen und befummelten sich bestimmt irgendwo, dachte Maryline, während gleichzeitig Lachen und Unwohlsein in ihr aufstiegen.

»Wo ist William?«, fragte sie.

Genau in dem Moment sah sie ihn mit besagtem Christophe am Tor stehen. Sie schienen irgendetwas auszuhecken. Als sie aufstand, um zu ihnen zu gehen, sah sie William mit dem Typen in den Austin steigen und ohne sich zu verabschieden die Allee hinunterfahren.

»Scheiße!«, fluchte sie und setzte sich wieder.

Sie hatte Osamos Anwesenheit vergessen, der, die Arme unter den Achselhöhlen verschränkt, die Nachtluft einsog, vielleicht gab er so seinen Theorien über das unmittelbare Glück Nahrung.

»Ich begegne im Westen manchmal Leuten, die den östlichen Codes folgen, ohne es zu wissen«, sagte er und blickte in die Luft. »Meistens sind das sehr glückliche Menschen. Ich denke, William ist einer von ihnen.«

»Ich weiß nicht, ob er glücklich ist. William ist derjenige von uns, der die verlockendste Vergangenheit hat«, sagte Maryline, die langsam wieder zu sich kam. »Ich glaube, er muss sich jeden Morgen entscheiden, ob er zu ihr zurückkehren oder hierbleiben will. Das ist für mich ziemlich zermürbend«, fügte sie hinzu und blickte Richtung Straße, wo William soeben verschwunden war.

»Haben Sie deswegen beschlossen zu gehen?«, sagte Osamo.

»Warum glauben Sie, dass ich gehen werde?«, fragte Maryline leicht beunruhigt.

»Ich kenne Sie nicht, aber irgendetwas sagt mir, dass Sie ganz woanders sind und dass alle hier versuchen, Ihre Aufmerksamkeit zu erregen. Was hindert Sie daran zu gehen?«

»Zuallererst Georgia. Ich habe meine Mutter sehr früh verloren, und ich will nicht, dass meine Tochter mich vermisst.«

Maryline lachte. »Um ehrlich zu sein, vielleicht habe ich Angst, dass sie mich nicht vermisst, so wie ich meine Mutter nie vermisst habe.«

Maryline streckte sich. Sie fühlte sich wohl in dem schwach beleuchteten Garten. Osamo verstand sie und gab ihr das Gefühl, intelligent zu sein.

»Wissen Sie«, fuhr sie fort, »ich habe ein merkwürdiges Leben gehabt. Ein angenehmes Leben, aber irgendwo in meinem Kopf und übrigens auch in meinem Körper war immer diese Leere. Nicht wirklich schmerzhaft, aber sie brachte sich wieder in Erinnerung, sobald ich eigentlich glücklich sein sollte.«

»Und Sie haben jetzt herausgefunden, was diese Leere ausfüllen könnte?«

»Ja, genau«, erwiderte Maryline lachend.

Sie warf ihr Haar zurück und hob leicht den Kopf wie früher, wenn sie für Lippenstiftwerbung fotografiert worden war. Sie bemerkte nicht, dass Osamo sie eindringlich ansah.

»Was soll ich tun?«, fragte sie, mit leichter Verzweiflung in der Stimme.

»Ich bin Japaner. Ich bin Kabuki-Schauspieler, und ich ziehe mich jedes Jahr in ein Kloster zurück, um meine Seele zu heilen und mich zu überzeugen, dass nichts von Dauer ist. Es gibt für mich keine Gewissheiten, und doch denke ich, dass Sie akzeptieren müssen, dass die Dinge sich ändern.«

Maryline nahm Osamos Hand und schüttelte sie.

»Gute Nacht«, sagte sie und stand auf, »und danke für alles. Ihre Kurtisane wird noch lange durch diesen Garten wandeln«, fügte sie hinzu und betrachtete die leere Bühne.

In der Küche fand Maryline Annick mit sinnlosen Tätigkeiten beschäftigt, erschreckend blass.

»Schlafen Sie heute Nacht hier«, sagte Maryline.

Es war fast ein Befehl.

»Hm«, erwiderte Annick.

»Ich ziehe Ihnen das Sofa im kleinen Salon aus«, sagte Maryline und verließ die Küche.

7

Es war einer dieser verhängnisvollen Tage für Édouard Herr, die er schon nicht mehr zählte, so häufig wiederholten sie sich in den letzten paar Monaten. Tage, die von morgens bis abends grauenvoll waren, die jedoch erstaunliche, beängstigende Ideen hervorbrachten. Am nächsten Tag hatte er bereits wieder jegliches Interesse an diesen Ideen verloren, innerhalb einer Nacht waren sie banal oder verrückt geworden. In einem normalen Leben gab es keinen Platz für sie. Das andere Selbst, derjenige, der glücklich war zu leben, lehnte seinen dunklen Zwilling instinktiv ab.

Gleich beim Aufwachen hatte er die Symptome des Bösen erkannt. Vergiftet von einer Nacht mit Träumen à la Kubin, hüllte ihn eine enorme Mattigkeit wie eine nasse Windel ein. Er stand mühsam auf und ging ins Badezimmer, gequält von einem Vergessen, ohne recht zu wissen, was er eigentlich vergessen hatte. Sogar wenn er allein war, ahmte er die Gesten des Lebens täuschend echt nach. Édouard Herr akzeptierte seine Natur, sie war ein Fluch, gegen den zu kämpfen er aufgegeben hatte. An manchen Tagen drückte eine unsichtbare Hand ihm bis nachts die Kehle zu, ohne dass er etwas dagegen tun konnte.

Unter dem glühend heißen Wasserstrahl der Dusche ließ er

die Seife fallen und bückte sich, um sie aufzuheben. Dreimal glitschte der ölige Fisch ihm aus den Fingern. Beim vierten Versuch verlor er das Gleichgewicht und stieß mit dem Kopf heftig gegen die Glaswand der Dusche. Er rappelte sich wieder hoch und betrachtete ohne Überraschung das Blut, das sich mit dem Wasser vermischte und über seinen Oberkörper floss. Er blieb unter der Dusche, bis das Wasser wieder klar war. In solchen Augenblicken zählte er die Sekunden, und jede Bewegung war ein Rekord, der gebrochen werden musste.

»Édouard, mein Alter, man muss leben«, sagte er seufzend zu seinem rosigen Spiegelbild, während er mit einem alkoholgetränkten Wattebausch eine kleine Wunde auf seiner Schläfe betupfte.

Er zog sich mit besonderer Sorgfalt an und frühstückte in Gesellschaft von Des Esseintes, dem er ein paar sehr düstere Überlegungen über sein Leben und das Leben allgemein anvertraute.

Georgia war früh aus dem Haus gegangen. Die Regatta der historischen Segelschiffe stand bevor, und Reine wollte ihr ganzes Team bei sich haben, um die Journalisten zu empfangen. Als sie hinunterging, um das Frühstück zu machen, steckte Maryline den Kopf in das Zimmer ihrer Tochter. Als sie das erste Mal Sex gehabt hatte, hatte Maryline ein paar Tage lang geglaubt, jeder müsste es ihr ansehen. Dann hatte sie weiter Sex gehabt, und das Gefühl, es mit der ganzen Welt zu teilen, war verflogen. Wenn Georgia und Daito miteinander geschlafen hatten, würde sie es eher herausfinden, indem sie ihr Zimmer inspizierte, als dass sie die Wahrheit im frechen Blick ihrer Tochter suchte. Sie drückte auf den Lichtschalter, und für den Bruchteil einer Sekunde sah sie auf dem Kopfkissen von Georgias Bett das schlafende Gesicht des jungen Japaners. Maryline knipste das Licht aus, schloss leise die Tür und dachte, selbst schuld. Niemand hatte sie gezwungen nachzuschauen.

Noch ein bisschen benebelt, machte sie sich einen Kaffee und nahm ihn mit in den Garten. Es war herrliches Wetter, der Sommer hielt sich, einfach unglaublich. Maryline, die die Gewohnheit hatte, sich bei ihren Gästen für das schlechte Wetter zu entschuldigen, als wäre sie schuld daran, konnte jetzt einen weiteren Tag aufatmen. Osamo war das Risiko eingegangen, die Bühne nicht abzubauen, wie ein wunderschönes geöffnetes Schmuckkästchen stand sie auf dem Rasen. Maryline sah wieder die bleiche Geisha vor sich, die sich in ihrem rotgoldenen Kimono vor dem blühenden Kirschzweig bewegte, und ihr Herz krampfte sich zusammen. Die Traurigkeit am Tag nach einer Feier und der wunderbare Nebel des frühen Morgens kämpften in ihrem Kopf miteinander, um dem beginnenden Tag seinen besonderen Ton zu geben.

Die Tür des Studios öffnete sich, und Flag kam heraus mit dem verstörten Blick eines Waldmenschen und breiten Streifen wie afrikanische Ziernarben auf den Wangen. Er begrüßte Maryline mit einem leichten Kopfnicken, als drohte sein Kopf zu explodieren, wenn er spräche, und tauchte ein paar Minuten später wieder mit einem Kaffee in der einen und einer Zigarette in der anderen Hand auf. Er setzte sich neben sie auf eine Stufe der Außentreppe. Flag benahm sich Maryline gegenüber wie ein Kind, das man grob angefahren hat und das trotzdem immer wieder zurückkommt. Er mochte Maryline auf seine Art, diejenige eines Mannes, der nicht richtig erwachsen geworden war, der seine Ungeheuer liebte, aber auch die beruhigende Lässigkeit dieser Frau, die einen frischen Rosenduft in der Luft zurückließ. Maryline schenkte ihm mit ihrer Langsamkeit einen unverhofften Frieden, der undenkbar war, sobald sie ihm den Rücken zukehrte, denn Flags Leben war eine Hölle, die nie aufhörte. Manchmal öffnete sich eine Bresche, und an diesem Morgen konnte er nicht widerstehen, als er da in einem schillernden und vielversprechenden Nebel neben Maryline saß, der die Nacht und ihr verrückter Abend nichts hatten anhaben können.

»Ich habe von Georgia geträumt«, sagte er.

Maryline wusste von Flags heimlichem Faible für ihre Tochter und begriff, dass es ihn verletzt hatte, sie mit Daito zu sehen.

»Ach ja?«, fragte sie amüsiert.

»Es gab ein Feuerwerk am großen Strand, und ich sah sie in Abständen, immer wenn der Himmel hell wurde. Sobald der Strand wieder ins Dunkel getaucht war, dachte ich, ich hätte sie verloren. Kann ich dir eine Frage stellen?«

»Nur zu«, sagte sie und stampfte mit dem Fuß, um zwei Möwen zu verjagen, die um Osamos Bühne hüpften.

»Was wird passieren?«, fragte Flag.

Maryline, die Flag gegenüber immer ein bisschen gemein war, nutzte die Gelegenheit, um ihn zu erpressen.

»Was ist das für eine Geschichte zwischen William und diesem Typen?«

Flag rang nach Luft wie jemand, der gegen seinen Willen redet.

»Zwischen den beiden ist irgendwas im Gange. Ich weiß nicht, was.«

»Miss Merriman hat sie über Geld reden hören.«

Beide dachten an Drogen. Doch das Tabu war so stark, dass das Thema nicht einmal erwähnt werden durfte. Alle Dealer der Gegend hatten mehr Angst vor Maryline als vor den Bullen, die Gefahr konnte daher nur von außen kommen.

»Was hältst du von diesem Typen?«, fragte Flag.

»Willst du wissen, was ich denke? Ich denke, er ist ein sehr, sehr gefährlicher kleiner Teufel, der sich auf Williams Schulter gesetzt hat. Ich kann nichts tun, und das macht mich verrückt. Ich habe umso mehr Schiss, weil ich spüre, dass man sich nicht mehr auf dich verlassen kann.«

Schweigen trat ein, unterbrochen vom Geschrei der Möwen und der Kinder aus der Ferienkolonie, die in Zweierreihen zum Strand gingen.

»Ich habe kein Spülmittel mehr«, beschwerte sich Annick, die auf der Außentreppe erschien.

Während Maryline aufstand, um welches aus der Vorratskammer zu holen, öffnete sich quietschend das Tor, und eine untersetzte Gestalt, »der da«, kam mit gesenktem Kopf aufs Haus zu.

»Scheiße!«, rief Maryline. »Flag, weck William! Und auch Osamo und Daito, schnell!«

Annick war verschwunden, um sich zu verstecken, und Maryline stand dem Haustyrannen allein gegenüber.

»Monsieur?«, sagte Maryline mit herablassendem Blick und übermäßig gespitztem Mund.

»Ich komme, um meine Frau zu holen«, murmelte er.

Er sprach genau wie Annick, und Maryline dachte, dass die Gespräche zwischen den beiden sich wohl auf eine Folge von lautmalerischen Worten beschränkten, die sie sich gegenseitig ins Gesicht schleuderten.

»Das wird nicht möglich sein, ich brauche sie den ganzen Vormittag.«

»Ich will sie sehen«, beharrte der Mann.

Er wirkte nicht besonders bedrohlich, als er sich Maryline näherte und langsam die Stufen der Außentreppe hochstieg. Sie hatte Annicks Mann noch nie aus der Nähe gesehen, und sein Gesicht verblüffte sie. Die Gesichtszüge dieses Mannes drückten eine leidenschaftliche Liebe in Not, verpfuschte Gefühle, Ohnmacht, dieses Leiden der Ungeliebten aus, dem sie als Kind dank Simon entkommen war und das Annick zum Opfer eines Opfers gemacht hatte. Maryline spürte, wie ihr die Tränen kamen, und konnte sie gerade noch unterdrücken.

»Hören Sie, Monsieur, ich möchte, dass Sie sie in Ruhe arbeiten lassen.«

Der Mann schnaubte, nicht weiter beeindruckt von den »Monsieurs«, mit denen Maryline ihn herablassend titulierte, und machte eine Bewegung, als wollte er sie zur Seite stoßen, um ins Haus zu gelangen. In diesem Augenblick packte Osamo, der zur Schwelle gelaufen kam, Annicks Mann unter den Achseln, hob ihn hoch und legte ihn auf den Rasen, wie ein Baby, das noch nicht laufen kann. »Der da« sprang auf die Füße, stürzte sich auf Osamo, der ihm bereits den Rücken zugewandt hatte, und riss ihn mit sich ins Gras. Maryline stieß einen Schrei aus, dem ein zweiter von William folgte, der gerade das Bett verlassen hatte und sich von Flag die Situation erklären ließ.

Die plötzlich in einen nervösen, springenden Judoka verwandelte geschminkte Kurtisane vom Abend zuvor umkreiste den untersetzten Mann, der die Verteidigungshaltung eines Tiers eingenommen hatte und vollkommen aus der Fassung gebracht worden war von dem Japaner, mit dem er nicht gerechnet hatte. Annicks Mann bahnte sich einen Weg bis zu Osamos Bühne, und dort beschimpfte der wütende Salzbauer vor dem Kirschzweig den Japaner, ein unbesonnener Provokateur, der den Helden spielen will vor einem Parkett, das seiner Sache feindselig gegenübersteht. Osamo betrat die Bühne, die nackten Füße wie Saugnäpfe auf dem Boden, und begann erneut seinen heimtückischen Tanz um Annicks Mann, der vergeblich versuchte, ihn am Arm zu packen. Maryline schaute zum Haus und erkannte Annick hinter dem Küchenfenster. Sie schien die Szene mit einer sonderbaren Gleichgültigkeit zu betrachten, als hätte sie ihr Schicksal in die Hände der Welt gelegt und als wäre ihr egal, was mit ihr geschieht.

Der riesige Fächer schwankte unter dem Gewicht der beiden Männer, und Osamo, vermutlich in Sorge um seine Bühne, beschleunigte den Rhythmus. Er packte Annicks Mann am Zipfel seiner Jacke und schickte ihn zu Boden. Wie eine Jagdtrophäe, vergeblich gestikulierend, lag »der da« flach auf dem Bauch und brüllte mit verzerrtem Gesicht unverständliche Beleidigungen.

»Ich rufe die Polizei«, sagte Maryline und stand auf.

Simon Schwartz kam wenige Minuten später und ließ Annicks Mann, der schäumte und schrie, er werde »all diese Schwulen umbringen«, abtransportieren. Dann zog er sich mit der Putzfrau in die Küche zurück. Maryline machte sich Sorgen um Miss Merriman, die noch nicht aufgetaucht war, und ging hinauf in ihr Zimmer, um nachzuschauen, ob alles in Ordnung war. Sie fand die alte Dame in ihrem Bett, ein großes Fotoalbum auf ihren Schenkeln. Sie hatte sich Tee gemacht und schien sich nicht wohlzufühlen. Miss Merriman verbrachte viel Zeit in ihren Alben mit Goldrücken, die sie auf all ihre Reisen mitnahm. Sie waren voller Kinderfotos von ihr, die sie so gerührt anschaute wie andere Leute die eigenen Kinder. Maryline erzählte ihr von dem Zwischenfall im Garten, doch die Amerikanerin wirkte dermaßen abwesend, verschwunden in ein Boston aus ihrem Gedächtnis, dass sie sich lautlos davonmachte. Georgias Tür im ersten Stock war immer noch geschlossen.

Simon hatte sein Gespräch mit Annick beendet und machte sich Notizen, während er Osamo zuhörte. Er ignorierte Maryline, wie man jemanden ignoriert, dessen man sich sicher ist, und der Gedanke gefiel Maryline. Besitzansprüche zu erheben war Simons Spezialität, die sie nur bei ihm akzeptierte.

William saß hinter Simon und Osamo auf der Außentreppe und sang leise *Sunday Morning* als Hommage an den perlmuttfarbenen Morgen. Er sang so gut, so außerordentlich gut, dass schließlich alle verstummten und dieser Stimme zuhörten, die wie für diese Balladen geboren zu sein schien. Mehr brauchte es nicht, um Maryline feuchte Augen bekommen zu lassen. Sie ging in die Küche, wo sie Annick vorfand, die ebenfalls in Tränen aufgelöst war, aber aus anderen Gründen, und mechanisch den Kalender der Post durchblätterte, ein Geschirrtuch über der Schulter.

In diesem Haus voller Spione und Argwohn war es für Maryline und Simon unmöglich, einen Moment allein zu sein. Maryline musste sich mit einem leuchtenden Blick und einem leichten Winken durch die halb offen stehende Küchentür begnügen. Sie hasste diesen Zustand zwischen Übelkeit und dem Bedürfnis zu weinen, der der Zügellosigkeit folgte. Man wusste niemals im vorhinein, wie lange dieser Zwischenzustand dauern würde, und musste abwarten, bis das Blut sich reinigte.

Miss Merriman erschien erst am Nachmittag. Flag ging nach Hause, um sich umzuziehen, was dringend nötig war, und Osamo und Daito machten sich auf den Weg, um bretonische Henkelschalen zu bestellen. William zog sich in sein Studio zurück. Maryline bat Annick, vernünftig zu sein und noch ein oder zwei Tage zu bleiben, bis »die Dinge sich beruhigt« hätten. Dann sagte sie, sie würde ausgehen, und holte ihr Fahrrad aus dem Schuppen. Sie wollte die berühmten Seestücke sehen, die Herr Miss Merriman gegenüber erwähnt hatte, und vielleicht eines der alten Dame als Heilmittel gegen den Blues schenken, falls der Preis vernünftig war.

Im Antiquitätengeschäft sagte die Verkäuferin ihr, Édouard Herr sei zu Hause, aber sie könne »problemlos« zu ihm gehen, um sich die Bilder anzusehen. Maryline stieg wieder auf ihr Fahrrad und begegnete Monsieur Sourire, dem Mann, der seit fünfzig Jahren ganze Generationen von Urlaubern in Scherenschnitten aus schwarzem Papier verewigt hatte. Maryline hatte zwischen den Seiten eines Wörterbuchs wie Blumen in einem Herbarium ihr Profil als Kind zusammen mit dem von Simon aufbewahrt. Hatte sie ihn bereits geliebt, ohne es zu wissen? Und auch ohne es zu wollen? Der Simon von damals war ihr viel zu nah und vermutlich in ihren unzufriedenen und träumerischen Kinderaugen unbedeutend gewesen.

Maryline zögerte, bevor sie bei Herr läutete. Sie hatte keine Lust, ihn zu sehen. Er machte ihr Angst, und es gab hübsche Meeresbilder bei anderen Antiquitätenhändlern des Seebads.

Sie hatte das Gefühl, etwas Falsches zu tun, und doch schien nichts sie in diesem Augenblick von ihrem Vorhaben abbringen zu können. Sie dachte an Blaubart, an das blutbesudelte Zimmer. Jemand hupte auf der Straße. Sie zuckte zusammen, lachte über sich selbst und ihre Ängste und drückte auf die Klingel.

»Ich habe Sie schon erwartet«, sagte Édouard Herr, der angegriffen aussah und steif in der Tür zur Halle stand.

Sofort verärgert über das Geschwätz des Antiquitätenhändlers, fragte Maryline, inwiefern er mit ihrem Kommen gerechnet habe.

»Nun ja, Sie sind jemand, den man selbstverständlich erwartet. Und wenn Sie dann wider Erwarten kommen, sagt man: Ich habe Sie erwartet.«

Maryline lächelte und trat ein.

Das Ritual von ihrem ersten Besuch wiederholte sich. Er bat sie, sich auf die rechte Seite des Sofas zu setzen, bot ihr Kaffee an und verschwand hinter ihr. Die Umgebung hatte sich nicht verändert, sie war immer noch ebenso feindselig wie der Blick der Frau in ihrem Art-déco-Rahmen, die einen wie eine böse Schwiegermutter von Kopf bis Fuß musterte. Sie erschauerte, und die Katze legte sich auf ihren Schoß. Herr kam mit einem Tablett zurück, auf dem diesmal zusätzlich noch ein Teller mit Keksen stand. Er schenkte ihr eine Tasse dampfenden Kaffees ein, und ein paar Sekunden später fiel sie ins Nichts und schlief ein, eine Märchenprinzessin, die Katze auf dem Schoß, unter dem Blick des Antiquitätenhändlers.

Maryline erwachte in unbequemer Position auf einer Chaiselongue in einem Raum, den sie erst nach einer Weile im Halbdunkel erkannte. Sie ging den Weg rückwärts, erinnerte sich an den bitteren Kaffee, den Herr ihr serviert hatte, an das Gewicht der warmen Katze auf ihrem Schoß, die Frau in ihrem Rahmen, die sie mit einem seltsamen Lächeln anzublicken schien, und wie sie dann plötzlich an diesem unpassenden Ort eingeschlafen war. Der Ernst der Lage wurde ihr bewusst, als sie vergeblich versuchte, ihre Hände zu befreien, die hinter ihrem Rücken zusammengebunden waren. Da sie schlecht Luft bekam, öffnete sie den Mund, um einen Anfall von Panik zu vermeiden. Die Straßengeräusche drangen nur sehr gedämpft zu ihr, sie musste sich im hinteren Teil des Hauses befinden, im hintersten Winkel der Villa Esteraza. Durch ein kleines Fenster sah sie, dass die Nacht hereingebrochen war. Um sie herum bemerkte sie zahlreiche Objekte, deren Umrisse sie kaum erkennen konnte. Sie döste einen Augenblick, schlief wieder ein und träumte von William. Als sie aus dem Schlaf schreckte, sah sie Herr, der unbehaglich von einem Bein aufs andere trat. Sie stieß einen leisen Angstschrei aus, als sie in dem erleuchteten Zimmer entdeckte, dass die Gegenstände, von denen sie im Halbdunkel nur die Formen gesehen hatte, Masken waren, Dutzende von Masken, die auf kleinen Sockeln den ganzen Raum ausfüllten, bereit, für beunruhigende Rituale getragen zu werden.

»Wunderschön, nicht wahr? Ich habe sie viele Jahre gesammelt, dann bin ich es müde geworden. Sie kommen aus der ganzen Welt.«

Herr schluckte mühsam, wie eine Boa, die ein Kaninchen verschlingt. Er lief im Raum hin und her und schaute, als entdeckte er seine Umgebung durch den Blick seines Gastes neu. Maryline dachte, dass man sich wegen ihres Verschwindens sicher Sorgen machen würde. Bestimmt würde Simon jeden Augenblick hier auftauchen, und Maryline überlegte, was sie bis dahin machen sollte. Sollte sie wie Scheherazade sprechen, um ihn von sich fernzuhalten? Sollte sie schweigen, damit er nicht von ihr gelangweilt und enttäuscht war? Maryline spürte, dass Herr ein Mann war, der, wenn man ihn enttäuschte, zum Äußersten fähig war.

»Sagen Sie mir, was ich hier tue?«, fragte sie fast fröhlich.

Herr räusperte sich, presste die Lippen zusammen und nahm die Hände aus den Taschen.

»Sie sind gekommen, um mein Geheimnis herauszubekommen, nicht wahr? Und wie alle haben Sie geglaubt, man könnte den Leuten abluchsen, was ihnen am teuersten ist, indem man mit den Fingern schnippt und sie ein bisschen verführt. Ich gebe nichts umsonst.«

»Was beabsichtigen Sie denn, als Gegenleistung von mir zu verlangen?«, fragte Maryline sanft.

Sie hatte keine Angst, die chemische Müdigkeit versetzte sie in einen merkwürdigen Zustand, irgendwie nebelhaft und weit weg. Sie betrachtete Herr, eine weitere Sehenswürdigkeit in dem überfüllten Raum. Der Mann spielte sich vor einer Frau auf, die er hatte fesseln müssen, damit sie ihm zuhörte. Er betrachtete sie eindringlich aus der Tiefe des Raums.

»Ich möchte Ihre Schönheit genießen, Sie einen Moment für mich allein haben. Als ich Sie zum ersten Mal sah, hatte ich nur einen Gedanken, Sie unter eine Glasglocke zu stellen, Sie zu besitzen.«

»Wie ein Sammlerstück?«

»Ein Einzelstück, meine Liebe!«, sagte er und lachte nervös. »Ein Einzelstück!«

»Sie werden Ärger bekommen. Sie haben schon welchen gehabt«, sagte Maryline.

»Ah, verstehe, dieser Bulle hat getratscht«, sagte Herr.

»Was ist mit der Frau passiert?«

»Welcher?«, fragte Herr.

»Der, die sich das Leben nehmen wollte.«

»Sie hatte mir eine Menge Versprechungen gemacht, aber das hat sich alles als heiße Luft erwiesen. Die Leute spucken große Töne, wissen Sie, sie versprechen einem das Blaue vom Himmel, und dann lassen sie einen stehen, wenn man etwas mehr Ehrgeiz von ihnen verlangt.«

»Warum haben Sie sie bedrängt?«

»Nein! Ich habe sie nicht bedrängt! Was für ein lächerliches Wort!«, zischte Herr und ballte die Fäuste. »Ich habe ihr eine zweite Chance gegeben, aber sie hat nicht begriffen.«

Herr näherte sich Maryline und holte ein Fläschchen mit Gelatinekapseln aus seiner Tasche. Er ließ eine in seine hohle Hand fallen und sagte Maryline, sie solle den Mund öffnen. Ihr Bauchgefühl sagte ihr, dass es besser wäre, sich ihm nicht zu widersetzen, und schluckte das Schlafmittel widerspruchslos. Herr verzog das Gesicht zu einem Lächeln, und Maryline hatte eine blitzartige Erleuchtung. Seit sie ihn zum ersten Mal gesehen hatte, hatte sie sich gefragt, wem er ähnelte. Édouard Herr war die exakte Kopie des geschnitzten Holzkopfes auf einem Korken, mit dem ihr Vater seine Portweinflaschen verschlossen hatte. Als Kind hatte sie Angst vor diesem mit dem Messer geschnitzten Kopf gehabt, doch sie hatte dieses Kitschding behalten, das nach dem Tod ihres Vaters kostbar geworden war. Lächelnd schlief sie ein.

Mitten in der Nacht wachte Maryline auf. Das Blut war aus ihrem linken Arm gewichen, und sie rieb ihn an der Lehne des Sessels, damit es wieder zirkulierte. Im Schein einer kleinen Lampe, die er hatte brennen lassen, entdeckte Maryline, dass Herr neben ihr auf dem Boden sitzend schlief, ein Haustier, das seine Wachsamkeit vorübergehend aufgegeben hatte und sich neben seinem Frauchen ausruhte. Eine seiner Hände lag flach auf der Chaiselongue, ganz nah an ihrem Schenkel. Maryline fragte sich, ob diese Hand sie während ihres Schlafs berührt hatte. Das Gesicht des Mannes war ruhig, seine Gesichtszüge hatten eine Weichheit, die man, wenn er wach war, nie für möglich gehalten hätte. Er heilte sich im Schlaf selbst, dachte Maryline. Um sie herum schienen die Unmengen Masken, stumpfsinnige Freaks in Reih und Glied, Stielaugen zu machen in der Erwartung, dass etwas passierte. Ihre offenen Münder staunten, schwärmten, lachten höhnisch, drohten und dankten Herr dafür, ihnen diese interessante Besucherin geschenkt zu haben, die ihre lange Nacht aufheiterte. Maryline hatte Hunger, Durst und Kopfschmerzen. Sie hatte nicht so sehr Angst um ihr Leben, sie hatte Angst, Simon zu fehlen. Sie dachte auch an William. Er war erloschen wie ein Tannenbaum, den man ausknipste, als sie Simon in der Eingangstür von Ker Annette gesehen hatte. Ein Bild von Edward Hopper fiel ihr ein, das sie mit William in einem Museum in Washington gesehen hatte. Es war Winter gewesen, und die Stadt war unter dem Schnee verschwunden. Sie schloss die Augen, um das zartlila und blaue Licht des Bildes, das unechte Meer und vor allem diesen blonden Mann wiederzufinden, der mit dem Rücken zum Betrachter auf einem weißen Segelboot zwischen anderen, unwichtigen Personen steht. William war als Kundschafter in den nächsten Saal vorausgegangen, und Maryline hatte, allein vor dem Bild, an Simon gedacht, der aus einer fernen Vergangenheit aufgetaucht war. Ihre Gewissheiten waren ins Schwanken geraten, und für einen kurzen Augenblick hatte sie intuitiv geahnt, dass auch er an sie dachte. Sehr schnell hatte William, der Zauberer, sie wieder wohlriechend und fröhlich mit sich gezogen, und sie hatte aufgehört, sich zu erinnern.

Maryline spürte eine Bewegung neben sich. Herr sah sie im Halbdunkel an, angespannt, fast erstickt von seinem zu eng geknöpften Kragen und gemartert von seiner Seele. Sie tauschten einen sonderbaren, schwer auszuhaltenden, äußerst gefährlichen Blick aus, der eine Katastrophe ankündigte, sollte der eine etwas zu schnell blinzeln oder die andere den Kopf etwas zu früh abwenden. Sie waren zwei Seiltänzer auf ein und demselben in großer Höhe aufgespannten Seil, wo jeder vom Talent und den Intentionen des anderen abhängig ist, um das Gleichgewicht zu halten. Maryline sagte sich, dass sie nicht sprechen durfte, dass das Schweigen auf ihrer Seite war. Herrs Wahnsinn war ein Wahnsinn der Worte. Die Augen halb geschlossen, schien er sich vor etwas zu schützen, das ihn nachts verletzte und seine Netzhaut verbrannte. Mit geschlossenen Lidern, Herrs Blick ausgesetzt, kämpfte Maryline eine Weile, die ihr endlos vorkam, gegen den Schlaf. Dann stand Herr auf und begann durch den Raum zu laufen, nervös, den Hals gestreckt wie ein Vogel. Seine Lippen bildeten Worte, die er nicht aussprach. Er blieb in der Mitte des Raums stehen, sah Maryline an, zögerte und begann:

»Warum lieben Sie ihn?«

»Wen?«

»William«, sagte Herr, etwas überrascht.

»Ich bin nicht mehr sicher, dass ich ihn liebe.«

Herr erstickte fast.

»Wen lieben Sie dann?«, fragte er aufs äußerste beunruhigt.

»Das können Sie nicht verstehen«, erwiderte Maryline gereizt.

»Natürlich kann ich das verstehen!«, rief Herr und stürzte sich auf sie.

Maryline schrie auf. Herr verbarg sein Gesicht an ihren Schenkeln, die sie fest zusammenpresste. Er wirkte ebenso kompakt wie das Holz, aus dem der Portweinkorken geschnitzt worden war. Er rührte sich nicht mehr, den Kopf in ihrem Kleid vergraben. Wie gelähmt betrachtete Maryline den blassen Nacken des Mannes und spürte sein Herz an ihren Knien schlagen. Er stöhnte leise, wie ein leidendes Tier. Dann hob er den Kopf und legte seine Wange auf Marylines Bauch.

»Wir werden gemeinsam sterben«, sagte er beflissen. »William wird es mir nicht übel nehmen, ich werde ihm sagen, dass Sie ihn verlassen wollten.«

Maryline bekam es mit der Angst zu tun. Die Masken schienen sie plötzlich fallen zu lassen, sie ihrem Schicksal als Opfer eines Wahnsinnigen zu überlassen, der sie in einem seit Ewigkeiten vergessenen Raum gefangen hielt.

»Sagen Sie mir, warum Sie den anderen lieben?«, bat Herr, der die Hände auf Marylines Hüften gelegt hatte. »Ich kann es verstehen. Was ich nicht erlebt habe, habe ich gelesen.«

»Das ist nicht das Gleiche«, sagte Maryline sanft.

Sie hatte das Gefühl, mit einem Kind zu reden. Eine schreckliche Übelkeit stieg in ihr auf.

»Doch, das ist das Gleiche. Ich kann Ihnen sagen, es ist das

Gleiche. Die Erfahrung ist eine Idee. Warum lieben Sie ihn? Ihn? Warum?«

Maryline spürte, dass die Zeit drängte. Sie musste etwas finden, das ihn beruhigte. Doch wie beruhigt man einen Verrückten? Sie hatte nicht die geringste Ahnung. Simon irrte sich, wenn er ihn für normal hielt.

»Weil ich ihm gegenüber eine Schuld habe.«

»Eine Schuld?« Herr sprang auf. »Eine Schuld?« Er lachte das Lachen eines Wahnsinnigen, das Maryline vor Schreck lähmte. »Deswegen liebt man niemanden«, rief er und deutete mit einem anklagenden Finger auf Marylines Mund.

»Doch. Man kann jemanden deswegen lieben«, entgegnete Maryline.

»Sie schenken Ihre Schönheit also jemandem, weil Sie sich schuldig fühlen? Ist es so?«

»Ja. Und nicht nur meine Schönheit«, fügte sie lächelnd hinzu.

Maryline spürte, dass sie aufs Ganze gehen musste. Herr war ein Perverser, den die Perversität der anderen vernichtete. Er war zum Fenster gegangen, vermutlich, um sich vor ihr in Sicherheit zu bringen.

»Haben Sie das Mädchen getötet?«, fragte sie.

Der Satz, der ihr entschlüpft war, schlug wie eine Bombe in dem Maskenzimmer ein. Herr wandte ihr den Rücken zu und streichelte eine schwarze kahlköpfige Dogon-Maske mit feistem Gesicht.

»Nein. Aber ich habe sie nicht davon abgehalten zu sterben.«

»Warum?«

»Weil sie hässlich und dumm war. Sie erinnerte mich an all die Leute, denen ich jeden Tag im Ort begegne, die sich an das schnelle Glück klammern, das sie überall zu finden und auf das sie einen Anspruch zu haben glauben.« Herr nahm einen Schemel und setzte sich Maryline gegenüber. »Wir sind zu Kindern geworden, die unentwegt verlangen, dass man sich um sie kümmert. Wir sind schwach und weinerlich geworden, wir heulen wegen jeder Kleinigkeit. Der Stolze ist eingebildet geworden und der Ästhet ein gefährlicher Onanist. Können Sie das verstehen?«, sagte er. »Ich hasse meinen Pessimismus, wissen Sie. Das ist eine schändliche Krankheit, die ich seit meiner Kindheit mit mir herumschleppe. Ich langweile mich und drehe mich im Kreis, ich bin ein Raubtier unter einer Pendeluhr. Ich war für das Handeln geboren, aber die Erziehung, die man mir gegeben hat, hat mir für immer Zügel angelegt und mich zur Einsamkeit verdammt. Die Langeweile ist allgegenwärtig, und meine Energie rächt sich. Sie brodelt nutzlos in meinem Körper und meinem Kopf.« Herr lockerte seinen Kragen, um nicht zu ersticken. »Ich hätte agieren müssen, aber ich bin nur gewesen. Glücklicherweise habe ich Sie«, fügte er hinzu und näherte sich ihr.

Maryline begriff, dass die unendliche Einsamkeit dieses Mannes ein Teich war, in dem gefährliche Träume wucherten. Herr hatte die Regeln vergessen, die uns davon abhalten, unsere Wünsche zu verwirklichen, und die anderen Menschen von uns trennen.

»Ich habe sie an der wilden Küste aus meinen Wagen geworfen«, fuhr er fort. »Anschließend habe ich William und Flag nach Hause gebracht. Anstatt zu mir zu fahren, bin ich an die Küste zurückgekehrt. Ich habe gesehen, wie das Mädchen in die Bucht hinunterstieg, und bin ihr gefolgt. Als sie mich sah, fing sie an zu lachen, das Lachen einer Wahnsinnigen, ein lächerliches, nach Gin stinkendes Lachen.« Herrs Gesicht war vom Ekel verzerrt. »Schwankend ging sie aufs Meer zu«, fuhr er fort. »Sie war so betrunken, dass sie sich kaum auf den Beinen halten konnte. Sie ging ins Wasser. ›Komm und hol mich!‹, rief sie, ›komm und hol mich!‹« Herr ahmte mehr schlecht als recht die betrunkene Stimme einer vulgären Frau nach. Er nahm den Kopf zwischen seine Hände. »Komm und hol mich«, flüsterte er wie zu sich selbst. »Sie entfernte sich immer mehr von der Küste. Sie drehte sich lachend um und machte mir ein Zeichen, zu ihr zu kommen. Sie stolperte, rappelte sich wieder hoch und stolperte erneut. Dann ...« Herr zögerte. Er hob den Kopf, sah Maryline an und sprach weiter. »Dann verschwand sie sehr langsam zum ersten Mal im Wasser. Sie hatte keinen Boden mehr unter den Füßen, und sie war nicht imstande zu schwimmen. Sie lachte nicht mehr. Sie war im Begriff zu ertrinken, und sie wusste es. Sie gestikulierte wild, ich sehe ihren weit geöffneten Mund noch vor mir. Aus der Ferne sah ich, wie sie spuckte, wie sie mit aller Kraft versuchte, aus dem Meer herauszukommen. Ich stand einen Augenblick da, ich wartete. Sie ist nicht mehr an die Oberfläche gekommen.«

Mit verstörtem Gesichtsausdruck nahm er die afrikanische Maske und schleuderte sie ans andere Ende des Raums.

Er betrachtete Maryline. Die Masken hinter ihm schienen das Gleiche zu tun. Alle warteten. Auf eine Reaktion, ein Urteil. Sie wusste nicht, was sie denken sollte. Ihr Verstand, der ihr gewöhnlich wie ein diskreter Freund zur Seite stand, gab ihr kein Zeichen.

»Warum?«, fragte sie Herr. »Warum sind Sie an die wilde Küste zurückgekehrt, anstatt nach Hause zu fahren?«

Herr machte eine gleichgültige Handbewegung.

»Warum?«, fragte Maryline noch einmal.

»Ich wollte sie töten«, sagte er.

Maryline war entsetzt. Der Tod war losgelassen, er schlich jetzt durch den Raum.

»Sie haben Angst«, sagte Herr. Er wirkte erschöpft und beinahe gleichgültig. »Vielleicht hätte ich es nicht getan, das werde ich nie wissen.«

Eine ganze Weile beachteten sie einander nicht, waren ganz in ihre Gedanken versunken. Dann sah Herr sie mit beunruhigender Eindringlichkeit an.

»Warum William, warum dieser Unbekannte und nicht ich?«, rief er. »Warum?« Herr verschlang sie mit seinen fiebrigen Augen. »Sagen Sie es mir, und ich lasse Sie frei.«

Maryline hatte fast vergessen, dass sie seine Gefangene war. Endlich hatte sie die Gelegenheit, mit jemandem über Simon zu sprechen.

»Das lässt sich nicht in Worte fassen«, sagte sie.

»Doch, doch!«, sagte Herr genervt. »Alles besteht aus Worten. Versuchen Sie es.«

Maryline ließ sich Zeit. Sie wollte es nicht verpfuschen.

»Eines Tages, als wir Kinder waren, wir müssen sieben oder acht gewesen sein, die Urlauber waren abgereist, nahmen unsere Eltern uns vor dem Schulanfang mit an die wilde Küste. Es war Ebbe, und wir spielten auf den Felsen ein Spiel, das wir selbst erfunden hatten. Es ging darum, als Erster den Felsen zu erreichen, der uns am weitesten von der Küste entfernt zu sein schien. Wer ihn als Erster erreichte, sollte sich auf ihn setzen und rufen: ›Ich bin da!‹ An dem Tag hatte ich geweint, den Grund habe ich vergessen. Als wir anfingen zu spielen, sah ich, wie Simon, das ist sein Name, stolperte, ausrutschte und so tat, als schmerze sein Knöchel. Er verschaffte mir einen Vorsprung. Simon, der es hasste zu verlieren, organisierte seine Niederlage, weil er mich hatte weinen sehen. Ich beeilte mich, so schnell wie möglich das äußerste Ende meines Felsens zu erreichen. Ich erinnere mich, das war das Einzige auf der Welt, was zählte. Ich musste ihm helfen, mir zu helfen, es war eine Frage von Leben und Tod.« Maryline schloss die Augen. »Ich erinnere mich an einen sehr starken Geruch nach Schlamm, an den Septemberwind, der meine nassen Arme vor Kälte erstarren ließ, und an die Heftigkeit unserer kindlichen Gefühle. An diesem Tag, in diesem Augenblick, da bin ich ganz sicher, ist Simon für immer in mein Herz getreten.«

Maryline öffnete die Augen und sah Herr an. Sie hatte plötzlich Mitleid mit diesem Mann. Seine Einsamkeit war erschreckend. Er schaute Maryline an, ohne sie zu sehen. Versuchte er, sich Simon und Maryline als Kinder in ihrer Bucht bei Ebbe vorzustellen? Suchte er in seinem Gedächtnis nach dem, was ihn zum Krüppel gemacht hatte, der von Mord träumte und Frauen im Meer ertrinken ließ? Er stand auf, kam zu ihr und löste ihre Fesseln. Die Arroganz war von Herr abgefallen, und er schien sie so schnell wie möglich loswerden zu wollen. Er rollte die Schnüre, mit denen er Maryline gefesselt hatte, zu einem Knäuel zusammen, das er in seine Tasche steckte.

»Ich nehme an, dass Sie ins Kommissariat laufen werden, um mich anzuzeigen«, sagte er verächtlich. »Ich habe mich in Ihnen getäuscht, Sie sind wie alle. Gesund und hohl im Kopf.«

Von ihren Fesseln befreit, spürte Maryline, wie die Wut sie packte. Sie brachte ihr Gesicht ganz dicht an das von Herr. Er zuckte nicht mit der Wimper und hielt ihrem Blick stand.

»Es stimmt, ich lebe in einer begrenzten Welt«, sagte sie.

»Einer Welt, in der ich mich ohne Angst gehen lassen kann, einer Welt, in der der Tod keine Rolle spielt und die Lust einen glücklichen Ausgang haben kann. Ich werde Sie nicht anzeigen, weil ich Mitleid mit Ihnen habe und weil William Sie schätzt. Ich bin nicht sicher, ob Sie seine Freundschaft verdienen, aber ich versuche nicht zu verstehen. Sie haben in dieser lächerlichen Inszenierung mehr zu verlieren als ich, oder irre ich mich? Sie haben auf ganzer Linie unrecht, und Sie wissen es. Ich bin sicher, dass selbst Ihre Katze Mitleid mit Ihnen hat. Gehen Sie an die frische Luft, Monsieur Herr, gehen Sie an die frische Luft und lockern Sie diesen Kragen, bevor Sie an ihm ersticken.«

Sie steckte wütend einen Finger zwischen den Kragen und den dünnen Hals des Antiquitätenhändlers und zog kräftig an seinem Hemd, bis der oberste Knopf abplatzte. Er ließ sie gewähren und hielt weiterhin ihrem Blick stand. Maryline begriff, dass er sein Ziel erreicht hatte, dass er ihre Verachtung gesucht und sie nun bekommen hatte. Angewidert stand sie auf und verließ den Raum, ohne sich umzudrehen.

In der Halle lief ihr Des Esseintes über den Weg, der um ihre Knöchel strich, bevor er hinter einem Sessel verschwand. Der kahle Garten wurde von fahlem Mondschein erhellt. Ihr Fahrrad war verschwunden, und sie ging zu Fuß nach Hause.

8

Miss Merriman war die Erste, die Maryline vermisste und sich Sorgen um sie machte. Allein in dem großen Haus, lauerte sie auf die Geräusche und wanderte von Raum zu Raum. Am späten Nachmittag versuchte sie William, Georgia und Annick anzurufen, ohne Erfolg. Die Nummer von Osamo und Daito hatte sie nicht, doch an der Pinnwand im Flur fand sie die Nummer der Feuerwehr, des Krankenhauses und des Kommissariats. Sie verlangte Inspecteur Schwartz zu sprechen.

Simon lief im Zimmer auf und ab, während Miss Merriman die Ereignisse vom Vortag schilderte, Nantes, den Geburtstag und den hausgemachten Cidre, der sie in einen seltsamen Zustand versetzt hatte. »Wenn es nicht dieser Erdbeerwein gewesen ist«, sagte sie nachdenklich. Simon fragte, ob Herr eingeladen gewesen sei. Miss Merriman verneinte, entrüstet über diese Vermutung. Sie erzählte von ihrem Besuch bei dem Antiquitätenhändler wegen des Rings der Verchuerens.

»Sind Sie sicher, dass es sich um denselben Ring handelt?«

Die Sache interessierte Simon so sehr, dass er seinen Derwischtanz im Salon beendete und sich an den Kamin lehnte.

»Er hat uns bestätigt, dass Verchuerens Frau ihn ihm verkauft hat. Hinter dem Rücken ihres Mannes«, fügte Miss Merriman mit schelmischem Blick hinzu. »Ich denke, Spielschulden.«

Miss Merriman kniff die Augen zusammen, dachte, dass sie seit Jahren nichts Aufregenderes erlebt hatte, und schenkte Simon ein strahlendes Lächeln. Sie betrachtete sein Handy, das neben ihr auf dem Sofa lag.

»Um diese Zeit ist sie normalerweise längst zu Hause.«

In diesem Augenblick kam Flag und beschrieb auf dem Kies im Hof einen fast perfekten Kreis, bevor er sein Mofa ein paar Zentimeter vor der Außentreppe zum Stehen brachte. Überrascht, das Studio leer vorzufinden, ging er ins Haus, wo er auf Miss Merriman und Simon stieß. Er nahm seinen Helm ab, und sein frisch rasiertes Gesicht konnte nur unzureichend die verheerenden Auswirkungen der Joints und des Cidre kaschieren.

Nein, er habe Maryline nicht gesehen und wisse nicht, wo William sei. Ja, das komme ihm komisch vor. Simon begriff, dass diejenigen, die um die Halloways kreisten, stets wussten, wo zumindest einer der beiden sich aufhielt. Flag erzählte Simon von dem Unbekannten, der William nicht mehr von der Seite wich. Daraufhin erinnerte sich Miss Merriman, dass sie sie am frühen Nachmittag im Wagen des jungen Mannes hatte wegfahren sehen.

Simon blieb einen Augenblick im Garten und rief auf dem Kommissariat und dann bei den Verchuerens an. Sie hatten ihre Klage zurückgezogen. Madame Verchueren hatte ihrem Mann gestanden, dass sie ihren Ring in der Bucht verloren habe, ja die mit der Toten, bestätigte sie. Nein, sie habe ihn nicht dem Antiquitätenhändler verkauft, ja, sie habe Angst vor den Konsequenzen gehabt und gelogen, um ihre Ruhe zu haben. Sie freue sich, dass man ihn gefunden habe, damit habe sie nicht gerechnet. Und Simon hatte den Beweis, dass Herr in der Bucht gewesen war. Er stieg in seinen Wagen und fuhr zu dem Antiquitätenhändler.

Marylines Verschwinden beunruhigte ihn nicht besonders. Für ihn war ihre Flucht ein Zeichen, das ihm zugedacht war, eine Anspielung auf die Freiheit, die sie sich gönnte. Sie schien sich endlich von ihrer erstickenden Umgebung abzunabeln. Und was Williams Verschwinden betraf, so war es kein Verschwinden. Dass ein Mann um sieben Uhr abends nicht zu Hause ist, war nichts Ungewöhnliches, außer für Flag, der sich eher für einen Herrn als für einen Sklaven hielt und glaubte, frei über Williams Terminkalender verfügen zu können.

Simon hielt vor der Villa Esteraza. Die Vorstellung, Herr gegenübertreten zu müssen, gefiel ihm ganz und gar nicht. Der Antiquitätenhändler gehörte zu dieser Clique, die Simon immer schon gehasst hatte. Es gab viel Geld im Seebad, heimliches Geld, angehäuft von Generation zu Generation von Unternehmern, bis hin zu den Ausbeutern aus Nantes, von denen manche sich immer noch mit ihrem fragwürdigen Vermögen brüsteten wie mit einem Stammbaum. Wenn er mit ihnen und ihren verarmten Verwandten zu tun hatte, Angehörigen des niederen Adels aus der Vendée, die ebenfalls im Seebad lebten, spürte Simon, wie ihm eine Welle der Verachtung entgegenschlug. Keine Autorität schien sie einzuschüchtern. Diese Leute standen nicht über dem Gesetz, sie respektierten nachlässig die Regeln eines ärgerlichen Spiels, über deren Einhaltung Simon zwangsläufig wachte. Herr begrüßte ihn mit einem überheblichen und gelangweilten Händedruck.

Als Simon ihn mit den Tatsachen konfrontierte, redete Herr sich heraus.

»Die beiden haben mir eine merkwürdige Geschichte über eine Frau erzählt, die mir angeblich den Ring gebracht habe. Ich habe die alte Dame einfach reden lassen, sie hat sich alles Mögliche zusammenphantasiert, entschuldigen Sie! Ich habe den Kaufvertrag im Laden, ich kann ihn Ihnen zeigen. Es hat alles seine Richtigkeit«, fügte Herr hinzu, ungelenk an den Anlauf nehmenden Epheben gelehnt, der ihn aus dem Weg stoßen zu wollen schien. Simon fragte ihn, ob Maryline bei ihm gewesen sei. Herrs negative Antwort überraschte ihn nicht, und er verabschiedete sich, ohne weiter nachzuhaken.

Er fuhr in Richtung wilde Küste und läutete bei Rival. Erwan öffnete. Sein Vater sei in der Hafenmeisterei. Simon nahm den jungen Mann auf der Schwelle mit einer Härte in die Zange, die sich schließlich auszahlte.

Auf dem Weg zum Antiquitätengeschäft erhielt er einen Anruf vom Kommissariat und kehrte am Kreisverkehr vor dem Rathaus um. Er machte eine Vollbremsung vor dem Eingang der Notaufnahme, wo Flag ihn völlig aufgelöst erwartete, während er sich einen Joint mit Georgia teilte, die eher genervt als beunruhigt wirkte. Simon wollte den Arzt sprechen, der ihn hinsichtlich Williams Zustand beruhigte. Man hatte ihn auf dem Rücksitz des Unbekannten gefunden, gerade noch rechtzeitig, er war nicht bei Bewusstsein gewesen, aber knapp an der tödlichen Überdosis vorbeigeschrammt. Alles deutete darauf hin, dass der Typ ein Dealer war, den man schnellstens finden musste, bevor er sich aus dem Staub machte. Simon telefonierte mit seinem Partner und setzte ihn auf den Typen an. Er gab die Informationen, die Flag, der sich in seinem Unglück suhlte, ihm auf dem Tablett serviert hatte. Der Arzt empfahl Flag und Georgia nachdrücklich, nach Hause zu gehen, und teilte Simon mit, dass er William nicht vor dem nächsten Morgen vernehmen könne. Das Herz des *guitar hero* habe einiges mitgemacht, man müsse ihn schlafen lassen, jede Diskussion sei sinnlos.

Simon hielt vor dem Antiquitätengeschäft. Die Verkäuferin ließ gerade das Gitter herunter. Sie versicherte ihm, nichts von einem Vertrag über den Kauf des Art-déco-Rings zu wissen. Lediglich um ihr Gewissen zu beruhigen, suchte sie in einem Stapel von Rechnungen, vergeblich.

Der Dealer wurde verhaftet, als er in den Direktzug nach Paris steigen wollte, der um 20 Uhr 48 abfuhr. Simon war auf hundertachtzig. Auf dem Weg zum Kommissariat fragte er sich, ob er Maryline nicht erneut verlieren würde. Sobald sie erführe, dass William fast gestorben wäre, würde sie sich wieder in eine Fremde zurückverwandeln und ihn fallenlassen. Er ließ das Autofenster ganz herunter. Der Abend brach herein mit seiner kalten Feuchtigkeit. Er machte einen Umweg über die Salzsümpfe, um seine Wut hinauszuschreien, ohne dass man ihn hörte. Nachdem er beinahe einen Radfahrer über den Haufen gefahren hatte, hielt er am Straßenrand, um sich zu beruhigen. Zwischen den Salzstöcken, die der zunehmende Mond blau färbte, und den flachen Sümpfen, in denen da und dort Brachvögel und Möwen aufragten, verwandelte Simons Wut sich schnell in eine müde Melancholie. Er war sicher, dass seine Sehnsucht die gleiche wie diejenige von Maryline war, dass sie nicht in die Bretagne zurückgekehrt war, um William zu retten, sondern um die Erinnerung zurückzuerlangen. Trotz William, trotz Georgia vertraute er ihr. Es war irrational. Alle in Marylines Umgebung spielten jeder für sich gegen ihn, um ihre Zukunft zu beschützen. William konnte Pailletten verstreuen, so viel er wollte, es würde ihm nie gelingen, diesen alten und wunderbaren Geruch nach nassem Hund aus Marylines Kragen verschwinden zu lassen, der sie als eine von hier auswies. Simon versetzte den Reifen seines Wagens ein paar Tritte und kehrte dann in die Stadt zurück, erschöpft von seinen Gemütszuständen. Der Dealer bekam es zu spüren. Simon ließ es an diesem Abend in einzigartiger Weise an Psychologie fehlen bei dem Verhör, das er in einem schwindelerregenden Tempo führte. Nachdem er sich zwei oder drei Ohrfeigen genehmigt hatte, erhielt er von dem Dealer mehr als erwartet. Nach ein paar Widersprüchen, in die er sich anfänglich verwickelte und die Simon ihm – inzwischen nicht nur genervt, sondern auch hungrig – nachwies, packte der Typ aus, um den tobenden Bullen von weiteren Übergriffen abzuhalten.

Er erklärte Simon, dass er aus Paris gekommen sei, um seinen Stoff hier im Ort zu verkaufen, und dass er von einem abgehalfterten Rockmusiker erfahren habe, dass William in der Gegend wohne. Bevor er ihn angesprochen habe, sei er eine Weile um Ker Annette herumgeschlichen. Er habe den richtigen Augenblick abgepasst, um ihn endlich allein anzutreffen. Und so habe er sich an dem Abend, an dem Elyne Folenfant gestorben sei, vor dem Haus befunden und habe gesehen, wie Herr das Mädchen aus dem Wagen gestoßen und dann William nach Hause gebracht habe. Eine Viertelstunde später habe er den Antiquitätenhändler zurückkommen und hinter dem Mädchen zum Strand hinuntergehen sehen. Er habe auch den Jungen von gegenüber mit einem Fernglas in einem Samtgrasbusch versteckt gesehen. Er erzählte Simon, die Szene, die er in der Bucht beobachtet habe, werde er so schnell nicht vergessen. Das Mädchen sei vollkommen betrunken immer weiter ins Wasser gegangen. Sie habe gerufen, sie habe gewollt, dass Herr zu ihr komme. Er habe sich nicht gerührt. Er habe am Strand gestanden, die Hände in den Jackentaschen vergraben, und habe zugeschaut, wie sie sich immer weiter vom Ufer entfernt habe.

»Das Mädchen fing an, auf den Felsen zu stolpern«, sagte er, »und sie ist mehrmals ins Wasser gefallen. Der Typ hat sich nicht gerührt. Sie ist vor seinen Augen ertrunken.«

»Und vor Ihren«, fügte Simon hinzu und sah seinen Kollegen an.

»Ich war nicht in der Lage. Ich …«

Simon schnitt ihm seufzend das Wort ab.

»Es reicht«, sagte er und bedeutete seinem Partner, ihn abzuführen.

Simon knipste die Schreibtischlampe aus und dachte im Halbdunkel an Elyne Folenfant, die vor den Augen von drei Männern ertrunken war, die nicht eingegriffen hatten, um sie aus dem Wasser zu retten.

Um elf Uhr abends war Maryline noch immer nicht nach Hause gekommen. Simon fuhr wieder zurück nach Ker Annette, wo ein trauriger Schlendrian herrschte, der ihm Unbehagen verursachte. Er war der Vorbote des Dramas, das sie alle erwartete: Marylines unvermeidbares Fortgehen. Annicks Mann war noch immer in Polizeigewahrsam im Kommissariat, doch die Putzfrau war nicht nach Hause zurückgekehrt aus Angst, sie könnte ihren Mann dort antreffen. Sie kümmerte sich um Miss Merriman, die befürchtete, vorzeitig nach Boston zurückkehren zu müssen. Daito folgte Georgia wie ein Hündchen, und Flag hatte sich unter Osamos Schutz gestellt, als wäre er ein lokaler Heiliger. Am Küchentisch wurde von

William gesprochen, während man Chips und Salzbutterkaramellcreme direkt aus dem Glas aß. Der Erdbeerwein war ausgegangen, und die Japaner brachten Sake. Osamo lenkte das Gespräch auf den Unterschied, den der Taktiker zwischen betrachten und sehen machen muss. Simon kam, als die erste Flasche fast ausgetrunken war, und ließ sich ein Glas der lauwarmen Flüssigkeit einschenken, die er widerlich fand. Undeutlich verstand er, dass es wohl nicht nötig war, zwischen betrachten und sehen zu unterscheiden, um siegreich zu sein. Da er sich für überflüssig und sozusagen für das Chaos verantwortlich hielt, verabschiedete er sich, ohne dass jemand ihn zurückhielt.

Er irrte die halbe Nacht durch das Seebad und fuhr Dutzende Male an der in Dunkelheit getauchten Villa Esteraza vorbei. Er hielt am Krankenhaus, ging in Williams Zimmer hinauf und betrachtete ihn im Schlaf. Er fand ihn alt und zerbrechlich in seinem hellblauen Papierkittel und ohne seinen ganzen Tand. Um ein Uhr morgens fuhr er schließlich nach Hause. Er hatte seine Entscheidung getroffen. Sollten Herr und der Dealer wegen unterlassener Hilfeleistung angeklagt werden, müsste er auch Erwan verhaften. Also beschloss er, dass Elyne Folenfant ohne Zeugen ertrunken war. Er tat es für Erwan, der ihn in seiner Einsamkeit manchmal an sich selbst in dem Alter erinnerte, und für Rival, der keine weiteren Schläge mehr einstecken konnte. Und er beschloss auch wegen Maryline zu schweigen, die neue Gerüchte über William nicht ertragen würde. Um drei Uhr morgens erhielt er eine SMS von seinem Partner, der erneut Ker Annette überwachte und ihm mitteilte, dass Maryline zu Fuß nach Hause gekommen sei.

Maryline fand das Haus leer vor und spürte das Leben hinter den geschlossenen Türen, private Waben, in denen alle brav schliefen. Sie wollte William nicht wecken und mitten in der Nacht irgendwelche Erklärungen erfinden, zog das Schlafsofa in ihrem Büro aus und legte sich in ihren Kleidern schlafen. Der nächtliche Fußmarsch hatte ihre Wut verfliegen lassen. Sie stellte sich Herr in seinem Salon vor, unter dem Porträt dieses schrecklichen Miststücks, das ihn aus dem Jenseits überwachte. Sie hatte begriffen, warum William Herr mochte. Auch seine Mutter war ein Miststück gewesen. Zu einem Leben im Auge des Orkans verdammt, konnten sie sich nicht einen Tag Ruhe gönnen. Selbst das Paradies versagten sie sich, aus Angst, dort ihre Mütter zu treffen. Im Unterschied zu William liebte Herr sein Leiden und um seine Scheherazaden wenigstens einen Augenblick festzuhalten, musste er ihnen die Hände fesseln.

Da sie nicht schlafen konnte, ging Maryline ins Erdgeschoss hinunter und rekonstruierte den Abend anhand der Indizien, die die Bewohner des Hauses zurückgelassen hatten. Die Küche roch nach Karamell. Sie liebte das Leben, das sie gewählt hatte. Ihr gefiel, dass darin geschah, was darin geschah, die Sommergäste, ihr Glück, ihre Seltsamkeit, selbst ihre Hässlichkeit und ihre Dummheit, die sie lustig oder exotisch finden konnte. Sie hörte das Handy in ihrer Tasche klingeln. Es war Simon, der seine Besitzansprüche geltend machte. Wie lange würde sie das ertragen?, fragte sie sich und drückte den Anruf weg. In zwanzig Jahren hatte William niemals angerufen, um zu fragen, wo sie sei. Sie überprüfte, ob alles an seinem Platz war für das Frühstück am nächsten Morgen, und ging wieder hinauf. Ihre Abwesenheit hatte jedenfalls niemanden in dem stillen Haus daran gehindert zu schlafen, und unwillkürlich musste sie über diese Feststellung lächeln.

Annick fand Maryline schlafend in ihrem Büro. Georgia wurde beauftragt, ihr mitzuteilen, dass William beinahe gestorben und im Krankenhaus sei. Unmittelbar darauf rief Simon an und fragte sie, wo sie den Abend verbracht habe. Sie hielt ihr Versprechen, Herr nicht zu denunzieren, und antwortete ausweichend auf Simons Fragen. Georgia rollte böse mit den Augen, vermutlich machte sie ihre Mutter für das Chaos verantwortlich. Sie trieb die Provokation auf die Spitze, indem sie vor ihrer Nase zwei fettige Croissants verdrückte, die sie mit einer randvollen Schale schwarzen Kaffees runterspülte. Sie verkündete, dass sie nach der Pressekonferenz des Bürgermeisters und vor der Regatta der historischen Segelschiffe ihren Vater im Krankenhaus besuchen würde. Sie fügte hinzu, dass man Daito nicht wecken solle, der in ihrem Zimmer schlafe. Maryline und Miss Merriman wechselten einen langen müden Blick. Dann stieg Maryline in den Austin und fuhr am großen Strand vorbei zum Krankenhaus. Sie wollte die morgendliche Ruhe genießen, das Meer, das kaum ein Geräusch machte. Reiter galoppierten über den menschenleeren Strand, direkt am Wasser entlang. Die Reifenspuren der Traktoren, die früh am Morgen den Strand gereinigt hatten, überzogen den Sand mit tausend Narben.

Zwei Krankenschwestern rauchten vor dem Eingang des Krankenhauses, und Maryline erkannte sofort diesen besonderen Blick, den sie ihr ganzes Leben lang bei denjenigen bemerkt hatte, die wussten, wer sie war. Williams Einlieferung hatte auf der Station die Runde gemacht und würde sich bald über sie hinaus verbreiten, wenn es nicht bereits geschehen war.

Als hätten unsichtbare Wellen sie angekündigt, kam der Arzt aus seinem Büro, als Maryline durch den Gang im ersten Stock auf seine Tür zuging. William sei aufgewacht. Es gehe ihm gut, aber er sei mit knapper Not davongekommen. Der Typ starrte Maryline mit unverhohlener Neugier an. Um acht Uhr morgens nervte sie das mehr als um acht Uhr abends, und sie kürzte das Gespräch ab, um sich den inquisitorischen Blicken zu entziehen. Sie fand das Zimmer und setzte sich zu William, der gerade frühstückte.

Die beiden mussten sich nichts vormachen, und auch wenn William sich wieder in seiner gewohnten Eleganz zeigte, in seinem Moiré-Hemd und die Finger geschmückt mit silbernen Schädeln, wollte er damit nicht seine Frau beeindrucken, er konnte einfach nicht aus seiner Haut, Krankenhaus hin oder her.

»Ich bin immer wieder überrascht, welcher Lärm nachts in Krankenhäusern herrscht«, sagte William und nahm den Teebeutel aus seiner Tasse. »Man hört einen Haufen merkwürdiger Dinge, die man nicht interpretieren kann, und bekommt ganz einfach Angst.«

William lachte. Maryline erkannte seine Vorgehensweise, die versteckten Feindseligkeiten. Er hatte von seiner Angst gesprochen, aber einen anderen Grund für sie genannt. Das war seine Kunst, deren Subtilitäten nur sie verstand.

»Ich habe vorhin eine SMS vom Kommissariat bekommen«, sagte sie.

William lächelte.

»Ja?«, sagte er leichthin.

»Sie haben ihn verhaftet …«

»Sehr gut. Sein Heroin war gestreckt, ein echter Scheißdreck. Hast du Hunger? Soll ich dir etwas bringen lassen?«

Maryline hielt ihn zurück, als er auf den Klingelknopf drücken wollte, als würde er im Hotel den Zimmerservice rufen.

»Ich möchte wissen, warum du zugelassen hast, dass dieser Kerl in unser Haus kommt, William.«

»Oh! Auch ich habe dir eine Menge Fragen zu stellen, honey!« Er blickte aus dem Fenster, um sich zu beruhigen. »Ich habe das Gefühl, dass wir uns lange nicht gesehen haben, dass jeder für sich eine Reise gemacht hat und dass wir uns eine Menge Dinge zu erzählen haben.«

William lachte erneut und schob den Rolltisch weg.

Es gab nichts Skandalöseres und Absurderes, als William in einem Krankenhausbett zu sehen. Maryline fing an zu weinen und verbarg ihr Gesicht in den Händen.

»O. k., honey! Please, don't cry. Please!«

Maryline hob den Kopf und warte auf das, was folgen würde. Die Krankenschwester klopfte, kam herein, ohne zu warten, und begrüßte Maryline. William bat um Tee für zwei. Die Krankenschwester versuchte überrascht, die Situation zu überblicken, und nickte, bevor sie mit dem Rolltisch hinausging. Die Situation war in der Tat außergewöhnlich.

»Du wusstest, was Herr getan hat, nicht wahr? Du wusstest, dass er in die Bucht zurückgekehrt ist, nachdem er dich abgesetzt hatte. Er hat es dir gleich am nächsten Morgen gesagt, und du hast ihn gedeckt, auf die Gefahr hin, an seiner Stelle beschuldigt zu werden.«

»Du hasst diesen Mann, weil du ihn nicht kennst«, sagte William. »You know, that girl didn't really want to live.«

William verfiel stets ins Englische, um Gedanken auszudrücken, auf die er nicht stolz war. Als wollte er sich eine Chance geben, nicht verstanden zu werden, dachte Maryline.

»Ja, Osamos Theorien!« Sie lachte höhnisch. »Leben und leben lassen. Leben und sterben lassen«, sagte sie seufzend.

»Elyne Folenfant war das Schlimmste, was diesem Mann passieren konnte. Sie war genau der Ärger, dem er sein Leben lang aus dem Weg zu gehen versucht hat.«

Die Krankenschwester kam herein, ohne zu klopfen, stellte zwei Tassen dampfenden Tees auf den Nachttisch und verschwand lautlos wie ein Dienstmädchen.

»Warum hast du dieses verdammte Heroin genommen?«, schrie Maryline ohne Vorwarnung. Sie stellte ihre Tasse an den äußersten Rand, auf die Gefahr hin, dass der Tee sich über den Linoleumboden ergoss. »Ich kann es einfach nicht fassen, dass du ein solches Risiko eingegangen bist!«

William blickte Maryline sanft an und lächelte.

»Ich hatte keine große Lust mehr zu leben. Das war eine traumhafte Gelegenheit, mit allem Schluss zu machen.«

»Allem was?«, rief Maryline, auf das Schlimmste gefasst.

»Du«, flüsterte er. Er streckte die Hand nach Maryline aus, die sich von ihm wegdrehte. »Du kannst gehen, wenn du willst. Ich erteile dir mein Imprimatur.« Er lachte. »Mein Imprimatur! Nicht schlecht, hm?« Maryline, die mit dem Rücken zu ihm stand, sah nicht, welche Verzweiflung Williams Gesichtszüge verdüsterte. Als sie sich umdrehte, hatte er seine Unnahbarkeit wiedergewonnen. »Ich werde das ausnutzen, um zu reisen«, sagte er träumerisch. »Oh! Achtung! Ich sage nicht, dass du mich daran gehindert hast, Maryline, nein, deine Anwesenheit macht alle Reisen wett.«

»William!«, rief Maryline. »Hör mit diesem Unsinn auf! Hör auf! Je mehr du redest, desto weniger sagst du, es ist unerträglich!«

»Osamo glaubt, das Schwarz ist im Weiß, und das Weiß ist im Schwarz, nicht wahr. Warum also wählen? Warum entscheiden, dass man eine Wahl treffen muss?«

Flag kam in genau dem Augenblick herein, als Maryline William sagen wollte, dass sie ihn verlassen würde. Sie fand es ungeheuerlich, dass sie so abrupt in ihrem Schwung gebremst wurde, und fügte sich den Umständen, wie man den Kopf senkt angesichts einer Kraft, die uns übersteigt. Sie konnte nicht kämpfen, dieser Mann war ein Zauberer. Auch wenn sie die Vorstellung Hunderte Male gesehen hatte, hatte sie den Trick noch immer nicht verstanden. Sie hatte sich in die Rolle der zersägten Frau gefügt und würde ihn die Stücke wieder zusammenfügen lassen, durchtrieben und elegant as usual.

Flag fragte, ob sie »Bescheid wüssten«. An ihrer Reaktion erkannte er, dass er der Erste war, der ihnen die Nachricht von Herrs Tod überbrachte.

»Man hat ihn tot in seinem Salon gefunden.«

Maryline wusste, noch bevor Flag die Einzelheiten erzählte, dass der Antiquitätenhändler tot auf der rechten Seite seines Sofas gefunden worden war, dort, wo die Frau auf dem Bild einen am besten sehen konnte. Er hatte sich eine Kugel in den Kopf geschossen.

»Shit!«, rief William. »Oh! Shit!«

»Hat er was hinterlassen?«, fragte Maryline beunruhigt. »Einen Brief? Irgendwelche Erklärungen?«

»Nichts«, sagte Flag und setzte sich auf den Bettrand, nachdem er Williams Gitarre vorsichtig an den Nachttisch gelehnt hatte. »Auf dem Teppichboden lagen Teile des Gehirns. Eben des Gehirns, das wie am Fließband Gedanken produziert, könnt ihr euch das vorstellen?«

Maryline verdrehte die Augen, das war ihr Tick, wenn Flag mit seinen Theorien daherkam. In der Regel nahm er davon Notiz und fuhr erst fort, wenn er sich versichert hatte, dass William ihm zuhörte. Da William seine Tasse anstarrte, ließ Flag die Geschichte mit dem Gehirn fallen. Er jedenfalls freute sich über den Tod dieses Typen, der ihn nie respektiert hatte.

Maryline war am Boden zerstört. William ebenfalls, er zog ein merkwürdiges Gesicht, vermutlich malte er sich bereits lebhaft seine Zukunft in dem Seebad ohne sein Alter Ego aus.

»Was hast du eigentlich an diesem Typen gefunden?«, fragte Flag leichtsinnig.

»Dieser Mann liebte das Leben mehr als wir alle«, sagte William gereizt. »Dabei bewies ihm die Welt das Gegenteil, jeden Tag. Alles verletzte ihn, weil er zerbrechlich geblieben war, eine schlimme Kindheit, glaube ich. Nun ja, er erwartete trotzdem vom nächsten Tag, dass die Liebe ihn wie ein Blitz trifft, dass die Schönheit vom Himmel fällt, ihm zu Füßen, dass die Intelligenz von überall her emporschießt, wie ein Feuerwerk. Er hat allen Bequemlichkeiten widerstanden, und das finde ich bewundernswert. Die großen Pessimisten sind sehr mutige Leute. Etwa nicht?«, fragte er verdrießlich und ratlos. »Dieser Typ konnte einfach nicht glauben, was man ihm sagte, versteht ihr? Er ist an Einsamkeit gestorben, und das ist hässlich, Flag, das ist wirklich hässlich. Du wirst nie allein sein, deine Organe werden dir immer Gesellschaft leisten.«

Flag blickte ins Leere, schockiert über Williams plötzliche Bosheit ihm gegenüber. Einen Augenblick lang herrschte

Schweigen. Maryline traf die feierliche Entscheidung, nie mehr mit William über Herr zu reden. Sie begrub ihre unglückliche Begegnung auf dem tiefsten Grund ihres Gedächtnisses, um den *guitar hero* in Frieden zu lassen mit dem Bild, das er sich von dem Antiquitätenhändler gemacht hatte. William nahm seine Gitarre und begann leise Songs von seinem letzten Album zu spielen, zum ersten Mal seit zehn Jahren. Flag und Maryline sahen sich verblüfft an. Dann dachte Maryline, dass es im Grunde viel normaler war, seine eigenen Songs zu spielen als die der anderen. Vielleicht hatten sie seit ihrer Rückkehr aus New York in der Lüge gelebt und sich langsam auf eine im Schmerz gewonnene Aufrichtigkeit zubewegt.

Der Arzt kam gegen elf und fand William im Zwiegespräch mit seiner Gitarre, leise trällernd, während Flag auf dem Bett schlief und Maryline mit dem Kopf auf der Armlehne des Sessels. Er weckte sie und bat sie, das Zimmer zu verlassen. Er wolle William ein letztes Mal untersuchen, bevor er ihn »freilasse«, wie er sagte, als wäre William ein Raubtier oder ein Gefangener.

Mittags war William dann frei, er saß auf dem Beifahrersitz des Austin mit offenem Verdeck, und Flag hinten, die Gitarre auf den Knien. William bat Maryline, über die Strandpromenade nach Hause zu fahren, langsam, um »diesen herrlichen Tag zu genießen«.

Epilog

Gegen Ende des Sommers leerte sich das Seebad innerhalb weniger Tage und wirkte plötzlich wie ein Kino, das nicht mehr bespielt wird. Und wie jedes Jahr fand das großartige Schauspiel des Herbstes ohne oder fast ohne Zuschauer statt. Mit dem Ende der Saison tauchten altbekannte Gesichter wieder auf. Vorübergehend verschluckt von der Menge der Sommerfrischler, nahmen sie den Ort wieder in Besitz und trotzten der Kälte, der Langeweile, den geschlossenen Geschäften und dem Wind, der die Wangen peitschte. Die Hortensien verwelkten in den Gärten. Von den Klippen der wilden Küste aus sahen die Felsen aus wie die Köpfe von Kaimanen, und erneut verführt von der Leere, becherte man ganz schön, um sich auf den Winter vorzubereiten. Die Kormorane ließen ihre Flügel auf den Steinen trocknen, den Blick verloren am Horizont im Fries der Öltanker auf dem Weg nach Afrika. Das Meer vergaß zu verführen, die jahrhundertealten Kiefern starben in den Gärten weiter vor sich hin, die Elefantenhaut ihrer alten Stämme zerrissen von der Gischt.

Maryline schloss die Gästezimmer, und jeder nahm wieder seinen Platz ein im Haus. Es war fast den ganzen Sommer über schön gewesen, ein Wunder, über das man noch lange im Seebad reden würde. Maryline wurde zum Umtrunk im Fremdenverkehrsbüro eingeladen, wo sie sich freute, Reine Personnic wiederzusehen. Sie tauschten Erinnerungen aus. Reine sprach über Simon, ohne Bescheid zu wissen, und Maryline sagte sich, dass sie ihren Freundinnen aus der Kindheit gegenüber wirklich zum Schweigen verurteilt war. Sie nahm ihre Wanderungen am Strand wieder auf, acht Kilometer jeden Morgen, beschränkt auf ihr inneres Leben durch den Wind, der sie taub machte. Sie ging oft an der leer stehenden Villa Esteraza vorbei. Sie machte sich Sorgen um den Passagierdampfer am Kai in seinem kahlen Garten, denn im Seebad bekam es den Häusern gar nicht, wenn man sie leer stehen ließ. Dem Wind, dem Regen und dem Salz ausgesetzt, alterten sie rasch und ohne Würde. Nach nur wenigen Monaten haftete ihnen etwas Geisterhaftes, Beunruhigendes an. Die ältesten verfielen nicht, als würde irgendetwas in der Seeluft sie konservieren, allerdings nicht wirklich. Von der Straße aus ahnte man ihren schlechten Atem und vermied, sie anzusehen, um den Bann nicht zu brechen. Édouard Herr hatte keine Kinder, und die Verwandtschaft schien nicht gerade erpicht darauf, sich um die Mauern und die Katze zu kümmern, die durch die Nachbarschaft streunte.

Maryline hatte William und Flag zu Herrs Beerdigung begleitet. Er hatte sehr genaue Anweisungen bezüglich der Zeremonie hinterlassen. Abgesehen von dem unvermeidlichen »keine Blumen und Kränze« hatte er eine Messe verlangt. Unter dem leicht schlingernden Fischkutter, der an seinem Tau in der sonnendurchfluteten Kirche hing, lauschte man ein wenig verlegen dem Gedudel der *Goldberg-Variationen,* talentlos gespielt von einem Neffen, dessen Anwesenheit der Verstorbene verlangt hatte. Maryline nutzte die Gelegenheit, die Familie des

Antiquitätenhändlers zu beobachten, die nur der Form halber und ohne Tränen gekommen war. Eine Frau, die dem Porträt im Salon ähnelte, erweckte ihre Aufmerksamkeit. Obwohl sie sehr alt war und sich an einen Stock klammerte, strahlte sie die gleiche herablassende Härte aus. Maryline vermutete, dass sie Herrs Mutter war. Neben ihr betrachtete ein sehr alter Herr in einem altmodischen Anzug abwechselnd seine Füße und die Rosette. Der Rest der Familie war vom gleichen Kaliber. Man merkte ihnen an, dass sie aus der Stadt kamen und sich nichts sehnlicher wünschten, als dass das alles möglichst schnell vorbei wäre. William hatte darauf bestanden, eine Gedenkrede für seinen gestorbenen Freund zu halten, die er Maryline vor der Zeremonie nicht hatte zeigen wollen. Äußerst beunruhigt sah sie, wie er durch das Kirchenschiff zum Altar ging. Er stellte das Mikro ein, und plötzlich herrschte gespannte Aufmerksamkeit in der kleinen Kirche. Der *guitar hero* trug zu diesem Anlass eine weinrote, sehr taillierte Jacke mit Tortenhebersamtkragen und ein leuchtendes Hemd mit Jabots. Die Taille eingezwängt in die schieferfarbene »eierenge« Satinhose, lächelte er seinen Zuhörern zu und zog ein gefaltetes Blatt Papier aus seiner Tasche. Mit leiser und beherrschter Stimme, seinen amerikanischen Akzent bestens unter Kontrolle, entwarf er ein großartiges Porträt seines Freundes, gewürzt mit frei erfundenen Anekdoten. Natürlich rächte er sich so an allen, die zu Herrs Lebzeiten nicht da gewesen waren. Man hörte der gut geschriebenen Hagiographie verblüfft zu, als spräche William von einem vollkommen Unbekannten. Auf dem Friedhof warf William einen Haufen weißer Blumen ins Grab und machte dann auf dem Absatz seiner Krokoboots kehrt, um die Familie des Verstorbenen nicht begrüßen zu müssen, die geduldig in der Mittagshitze wartete, dass der ganze Zirkus endlich vorbei wäre.

Die Akte Elyne Folenfant war geschlossen worden. Erwan ging wieder in die Schule, Georgia ebenfalls, gleichsam geadelt durch ihre Liebesnächte mit Daito. Nachdem Georgia Titouan zunächst von oben herab behandelt hatte, nahm sie ihn nach und nach unwirsch wieder in ihren Dienst, trauerte aber nach wie vor der anmutigen Weiblichkeit dieses Japaners nach. Maryline fragte sich, was aus dieser ersten Liebe im Leben ihrer Tochter werden würde. Wer weiß, dachte sie, ob sie nicht ihr Leben lang versuchen würde, die Erotik dieser kurzen Begegnung, Maßstab oder unbedingte Liebe, wiederzufinden. An einem Sonntag im Dezember kam Georgia, die seit dem Morgen bedrückt im Haus herumlief, schließlich zu ihrer Mutter in den Salon. Sie erzählte ihr von Daito. Maryline hörte ihr zu, wie sie ernst ihre Spaziergänge am Strand beschrieb und mühsam nach den richtigen Worten suchte, um ihr die Tiefe ihrer Gespräche zu erklären. Georgia war mit ihren Erinnerungen ebenso linkisch und ungeschickt, wie sie es früher mit ihren Puppen gewesen war. Vermutlich enttäuscht von der Reaktion ihrer Mutter, die ihr keinerlei Fragen stellte, ging sie, ohne das Gespräch weiter in die Länge zu ziehen, in ihr Zimmer hinauf.

Annick und ihr Mann setzten ihr gemeinsames Leben in ihrem Hobbithaus im Dorf der Salzbauern fort, im Guten wie im Schlechten, eher im Guten, denn »der da« hatte Angst vor William, der ihn im Auge behielt. Annick bewahrte in ihrem Herzen eine lebenslange Zuneigung zu Osamo, der sie in ihren verrücktesten Träumen bedeckt von gestickten Glyzinien in ein anderes Leben mitnahm.

William beschloss, seine Autobiographie ganz allein zu

schreiben, »bevor irgendein Unverschämter es an seiner Stelle täte«. Ein paar Tage nach der Sommerpause verkündete er in seiner überschwänglichen Begeisterung für das Projekt, er werde nach New York fliegen, »um endlich wieder die Atmosphäre zu schnuppern«. Niemand konnte ernsthaft etwas dagegen einwenden. William und seine Überdosis hatten auf einen Schlag alle Sorgenvorräte seiner Umgebung erschöpft und Maryline von der Last der Verantwortung befreit. Er war nicht gestorben, er würde sie alle überleben, sagte sie. Flag, esoterischer angehaucht, dachte, sein *guitar hero* habe die Macht, den Sensenmann abzulenken, »einen überlasteten Mann, der selten Gelegenheit zu lachen hat«, eine Theorie, die Georgia sich zu eigen machte, weil sie sich nach Gelassenheit um jeden Preis sehnte. Flag wollte William in die Vereinigten Staaten begleiten, doch dieser lehnte ab. Maryline bot ihm nicht an, ihn zu begleiten, denn sie hatte begriffen, dass er flog, um sie leben zu lassen. Und genau das tat sie, mit Simon, der seinen Winterrhythmus wiedergefunden hatte zwischen Schlägereien, Drogenhandel und Einbrüchen in Villen.

Sie hatten sich den Sommer über heimlich gesehen, bei ihm oder in den Buchten, nachdem die Touristen abgereist waren. Simon holte die verlorene Zeit in rasender Geschwindigkeit nach, sprudelte über vor Energie und Ideen, um sie zu verführen. Er handelte im Kommissariat kürzere Arbeitszeiten aus, überholte sein Segelboot, kaufte Möbel und einen Fotoapparat. Er machte Pläne, die er für sich behielt, denn manchmal, wenn sie sich leidenschaftlich umarmten, entdeckte er an Maryline einen erschrockenen Gesichtsausdruck, der ihn beunruhigte. Er träumte von einem endgültigen Verschwinden des Rockers, und dann zweifelte er wieder an der Zukunft, wenn er an manchen Abenden in vollkommener Stille sein Spiegelbild im großen Glasfenster seines schwedischen Wohnzimmers mehrere Stunden lang betrachtete, bis ihm schwindlig wurde. Verrückt vor Liebe und Ungeduld, landete Simon schließlich allein am großen Strand und zerpflückte gründlich Marylines Tun und Treiben, um anschließend gerührt darüber zu sein, beunruhigt oder erstaunt. Maryline und Simon sprachen viel über die Vergangenheit, als wäre die Gegenwart verschlossen und nicht lebbar. Er half ihr, die Erinnerung wiederzufinden, und gab ihr den Schatz, den er in sich trug, wieder, indem er ihr all das erzählte, was sie vergessen hatte. Und dann ließ sie die Momente wieder auferstehen, die er dem Vergessen überantwortet hatte.

Maryline hatte beschlossen, Simon die Zeit zurückzugeben, die er ihretwegen verloren hatte. Nachdem William geflogen war, war sie fast nur noch für ihn da. Sie ließ sich leidenschaftlich von ihm lieben, ohne sich der Gefahr bewusst zu sein. Simon verzehrte sich, und sie schob es auf seine nächtlichen Überwachungen, seine Erschöpfungszustände und seine Anfälle von Schwermut. Ende Oktober, nach einem verpatzten Rendezvous und einem schlimmen Streit, musste Maryline bitter feststellen, dass Simon ihre Geschichte mit der gleichen Energie kaputt machte wie einst seine Sandburgen. Unfähig zu leben, ohne ständig mehr Sinn, Aktion und Beweise zu verlangen, erschöpfte er Maryline, die nicht mehr wusste, was sie noch tun sollte, um ihn zu beruhigen. William, ob er nun da war oder nicht, hatte nichts damit zu tun. Sie liebte Simon, doch das genügte ihm nicht. Maryline, die langsame, die Zeit und Stille brauchte, konnte nicht mehr atmen. Sie floh für ein paar Tage nach Paris und überließ Ker Annette Flag und Georgia – und Annick, die die beiden heimlich überwachen sollte. Sie lief durch die Straßen und dachte über ihr Leben nach. In der Anonymität und Ruhe fand sie nach und nach ihre Gelassenheit wieder und konnte schließlich zugeben, was sie seit Beginn des Sommers wusste. Sie liebte William und Simon, und jeden wegen des anderen. Sie würde niemals Williams Musical verlassen, seinen strassbesetzten Ramsch und seine virtuosen Ballette. Simon war der brutale, verführerische und gefährliche schwarze Engel, der das Trio in die gegenseitige Abhängigkeit und in eine Sackgasse getrieben hatte.

Als sie zurückkam, lud sie Simon nach Ker Annette ein, und in ihrem Zimmer erklärte sie ihm, die ganze Zeit seine Hand haltend, so behutsam sie nur konnte, dass sie William nicht verlassen würde, aber dass sie wolle, dass er bleibe. Simon brüllte. Er zertrümmerte die Fensterscheibe mit der Faust und durchtrennte sich eine Sehne. Am nächsten Tag teilte er ihr mit, dass er gekündigt habe und einen mehrmonatigen Segeltörn machen werde. Sein angeberisches Gebaren kaschierte nur schlecht seine Verzweiflung. Maryline sagte ihm, dass sie auf ihn warten werde, »jeder ist einmal an der Reihe«, fügte sie hinzu. Die wenigen Tage, die seiner Abreise vorangingen, waren eine Prüfung. Maryline wollte unbedingt, dass sie wie immer, er, dass sie außergewöhnlich wären. Sie zwang ihn, vernünftig zu sein, was er nie gewesen war und niemals sein würde, und beide wussten es. Simon würde als derselbe zurückkommen, und alles würde von vorn beginnen. So sollten die Dinge sein, schön und schwierig.

Allein geblieben mit Flag und Georgia, kompensierte Maryline Simons Abwesenheit, indem sie eine geschäftige Aktivität entfaltete. Die beiden anderen ermutigten ihre Unternehmungen, denn sie spürten, dass sie am Rand des Abgrunds stand, und schlugen ihr Renovierungsarbeiten im Haus vor. In Georgias Zimmer löste Maryline mehrere Schichten von Collagen von den Wänden und fand eine Menge Hinweise auf die jüngste Vergangenheit ihrer Tochter. Sie sagte sich, dass die Jugendlichen die merkwürdige Gewohnheit hätten, überall Spuren zu hinterlassen, und man nicht so recht wisse, ob sie es absichtlich täten oder so naiv wären zu glauben, man würde sie nicht finden. So stieß sie auf ein Japanischlehrbuch in sechzig Lektionen und fand, unter dem Bett versteckt, einen Pokal, den Georgia ein Jahr zuvor beim Tischtennisturnier ihrer Schule gewonnen hatte, ohne davon großes Aufhebens zu machen.

Im Winter verzerrte der Wind die Klänge und die Stimmungen. Jedes Lachen wirkte wie ein Lachkrampf und jeder Ruf wie ein Brüllen. Der Regen peitschte die Wasseroberfläche, und das Meer wechselte von bewegt zu stürmisch. Maryline hatte nichts von Simon gehört, der sich vermutlich zum Schweigen zwang. Sie dachte an ihn und auch an William, der sie mit urkomischen ellenlangen Briefen bombardierte, mit Mails voller Zärtlichkeit und SMS mitten in der Nacht, in denen er sie bat, in Erwartung seiner Rückkehr cakes aufzutauen.

Doch Georgia war deprimiert, trug blickdichte Leggings unter Shorts und verlangte ihren Vater zu Weihnachten. Strahlender als der Tannenbaum im Salon, kehrte William triumphierend auf erobertes Gebiet zurück, mit genügend guten Witzen für die nächsten zehn Jahre in den Augen. New York hatte ihm sein Licht zurückgegeben und auch die Gewissheit, dass nichts über Ker Annette und seine ganzjährigen Bewohner ging. Maryline zögerte, ihm von Simon zu erzählen, und verschob ihr Geständnis immer wieder, da William sich trällernd als Weltmeister des Unausgesprochenen gab. Sie entschied sich für das Hier und Jetzt, von dem Osamo gesprochen hatte und das im Grunde so bequem war, und räumte die Realität weg für später. Flag, der große Angst gehabt hatte, William könnte für immer in New York bleiben, schmiss all seine Salben weg, überzeugt, dass er sie jetzt nicht mehr brauchen würde. Williams Humor, die Wiederaufnahme seiner Rituale und seine immer im passenden Moment gesungenen Songs hoben innerhalb weniger Tage die Stimmung in Ker Annette. Er sprach oft von Herr, der ihm fehlte, und hielt die Erinnerung an seinen Freund hoch, den er in Gesprächen wie einen toten Dichter zitierte. Osamo und Daito schickten Maryline einen prächtigen, mit zartlila Glyzinien bestickten Kimono, den sie am Heiligen Abend trug. Am 31. Dezember erfuhren sie von Miss Merrimans Tod, ein schöner Tod im Schlaf, und zu ihrem Gedenken öffneten sie mit den Rivals, Reine Personnic und ein paar in der Gegend Gestrandeten eine zusätzliche Flasche. Um Mitternacht stiegen alle zusammen warm eingemummelt in die Bucht hinunter und ließen den Korken des Champagners knallen, den die Verchuerens als Entschuldigung geschickt hatten, umgeben von einem berauschenden Geruch von Seetang, dem einzigen schlechten Geruch, der gut riecht, sagte Flag, der vorübergehend mit seinen Ungeheuern in Frieden lebte. Vor dem Meer und die Hand auf dem Herzen, wünschte Maryline ihrem abwesenden Geliebten mit geschlossenen Augen ein gutes neues Jahr. Dann tanzten sie bis zum Morgengrauen im Sand, an genau der Stelle, wo Miss Merriman ein paar Monate zuvor den Leichnam von Elyne Folenfant gefunden hatte.

In William Halloways Pantheon:

Seite 18: *These Boots Are Made For Walking,* Nancy Sinatra
Seite 27: *Too Drunk to Fuck,* Dead Kennedys
Seite 48: *Been Smoking Too Long,* Nick Drake
Seite 50: *Gimme Shelter,* The Rolling Stones
Seite 52: *The Needle and the Damage Done,* Neil Young
Seite 53: *Now I Wanna Sniff Some Glue,* The Ramones
Seite 71: *Constipation Blues,* Screamin' Jay Hawkings
Seite 73: *Tubular Bells,* Mike Oldfield
Seite 76: *Why Don't We Get Drunk,* Jimmy Buffett
Seite 77: *Goin' to Louisiana,* John Lee Hooker
Seite 95: *Are You Experienced,* Jimi Hendrix
Seite 146: *Sexual Healing,* Marvin Gaye
Seite 146: *I'm on Fire,* Bruce Springsteen
Seite 148: *Wish You Were Here,* Pink Floyd
Seite 166: *Sunday Morning,* The Velvet Underground